Scrittori italiani e stranieri

Matteo B. Bianchi

La vita di chi resta

ROMANZO

MONDADORI

A mondadori.it

La vita di chi resta
di Matteo B. Bianchi
Collezione Scrittori italiani e stranieri

ISBN 978-88-04-76153-2

© 2023 Mondadori Libri S.p.A., Milano
Pubblicato in accordo con MalaTesta Lit. Agency, Milano
I edizione gennaio 2023

La vita di chi resta

Ai sopravvissuti

Quando la cosa peggiore che potrebbe succederti
ti accade, allora tendo a esserti amico.

JOHN WATERS

Qualcuno ha chiamato l'ambulanza. Il portinaio, un vicino, non ho idea di chi si sia preso la briga di farlo.

Lo capisco perché sento le sirene spiegate, le sento avvicinarsi e fermarsi a tutto volume sotto la mia finestra, prima di spegnersi con quel suono intubato.

So che è inutile, che non ci sono tentativi estremi di rianimazione, che tutto è già definitivo.

Mi affaccio alla porta.

Alle finestre, sui ballatoi, decine di persone che guardano nella mia direzione. Fuori, sul pianerottolo, un gruppetto di vicini. Non dicono nulla, hanno sguardi allarmati e confusi.

Sento le voci dei paramedici sulle scale, i loro passi concitati. Il mio appartamento è al quinto piano.

Quando i tre uomini in camice bianco arrivano al pianerottolo reggendo la barella, hanno il fiatone e sono sudati.

Il primo dei tre si guarda un attimo intorno. Si accorge della presenza dell'altra rampa di scale e del vano ascensore. Alza gli occhi al cielo, poi rivolto a me esclama: «Perché nessuno ci ha detto che c'era l'ascensore?».

L'ascensore.

S. è di là, a terra, morto e io avrei dovuto consigliarvi di prendere l'ascensore.

Naturalmente non rispondo, non ne sono in grado.

La prima di un milione di volte.

La gente chiederà e io non saprò che cosa dire.

Per mesi, per anni.

Per sempre.

Ma tu avevi capito che sarebbe potuto succedere? Avevi colto dei segnali?

Sì.

E non hai fatto niente?

Ne ho parlato. Alla sua famiglia. Agli amici.

E loro?

Dicevano che non dovevo preoccuparmi, che faceva tutto questo solo per impressionarmi.

E tu?

Io temevo che dicesse sul serio, me lo sentivo.

Non abitavamo più insieme da tre mesi. Ci eravamo lasciati a fine agosto 1998.

S. aveva ancora le chiavi di casa. Aveva lasciato la maggior parte della sua roba (vestiti, scarpe, oggetti) in attesa di trovare una nuova sistemazione. Ogni tanto passava di lì a ritirare qualcosa di cui aveva bisogno.

Quel pomeriggio mi aveva chiamato in ufficio dal telefono di casa. Era stata una chiamata breve, civile. Non avevamo discusso o litigato, come spesso finivamo per fare, anche negli scambi più stringati.

Ha concluso così: «Comunque non preoccuparti: quando torni io non ci sarò già più».

L'avevo presa per un'informazione tecnica, ma era una dichiarazione metaforica.

Era il suo addio.

È un mantra che passa di bocca in bocca. Un plebiscito spontaneo. Una cospirazione inconsapevole. Un voto all'unanimità. Una preghiera costante.

Cambia casa.

Me lo dicono tutti.

I miei genitori, mia sorella, i miei amici, i miei colleghi, i conoscenti che sono venuti a sapere di questa storia, persino gli estranei con cui entro in contatto.

Cambia casa.

Vai via da lì.

Io sono debole in quei primi giorni, debolissimo. Non so più nemmeno se sono ancora io, non so più nemmeno se sono.

Eppure mi sento determinato in maniera granitica: no, non me ne vado.

Gli altri non riescono a capire. Come posso voler restare in una casa intrisa di tanti e tali ricordi. Infestata dai ricordi. La casa dove abbiamo vissuto insieme, la casa dove lui si è tolto la vita, la casa dove io ho trovato il suo cadavere.

Seriamente, come puoi solo pensare di continuare a vivere lì?

Ma capisco in fretta, da subito, che è inutile spiegare. Nessuno sa cosa sto provando, nessuno riesce a comprendere le mie sensazioni, il buco nero nel quale sono precipitato. Mi danno consigli dall'alto, ma io sto in un altro luogo.

Come offrire un bicchiere d'acqua a un uomo in fiamme e meravigliarsi che lo rifiuti.

Del vostro bicchiere d'acqua non so che farmene. Non lo

vedete che sto bruciando? Che un palliativo è patetico e inutile? Lasciatemi bruciare. Fatemi il favore.

La ricetta elementare che mi propongono è un allontanamento materiale: andare via dai miei ricordi. Non riescono a capire che dai ricordi io sono invaso. Inzuppato dentro. Potrei trasferirmi in Cina, li avrei comunque addosso. Oceani e continenti nel mezzo non sarebbero di alcuna utilità.

Io sono i miei ricordi. Io sono la vita con lui e la sua assurda morte. Io sono fatto di questa consapevolezza.

Cambia casa.

Mi fanno tenerezza. Offrono consigli in una gara di cui ignorano le regole. Soluzioni da pallottoliere per un problema di astrofisica.

Quando gli altri non capiscono, o non possono capire, a te non resta che ascoltare te stesso.

Tanto forte è la loro convinzione nello spingermi ad allontanarmi da quella casa, tanto è ferrea la mia decisione di restare. Perfino strana, in un momento nel quale mi sembra di essere privo di volontà, di capacità decisionali, nel quale demando agli altri ogni scelta possibile, nel quale non riesco a farmi carico neppure di me stesso.

Mangia qualcosa. Va bene.
Vai a riposarti. Adesso vado.
Cambia casa. No.

Nell'assenza di intenzioni, quella rimane la sola. Dentro di me sento di doverci restare. Sento che il carico di dolore (e angoscia e smarrimento e) che mi grava sulle spalle non si alleggerirebbe affatto cambiando indirizzo. Non è una consegna a domicilio che puoi evitare traslocando. Non è un inseguitore che puoi seminare correndo più forte. Al contrario, invece che fuggire sento che devo restare fermo e affrontarlo. Che non posso fare altrimenti.

Come se il dolore fosse un pozzo in cui immergersi, un tunnel da percorrere per intero, fino a raggiungere l'uscita. Il fatto che non veda la luce in fondo, ma solo il buio, non intacca la mia consapevolezza che quello sia il percorso.

Cerco conforto nella letteratura.

La mia ancora di salvezza nel mondo.

Guardo in libreria, cerco in biblioteca (Internet è ancora agli albori). Non c'è molto sul tema del suicidio. In molti romanzi compaiono personaggi suicidi, certo. Ma una narrativa specifica su questo tema? E poi ci sono alcuni saggi di psicologia, o studi sociologici. Dove è più praticato, perché.

Trovo comunque solo materiali sulle vittime, non sui superstiti.

Ma io sono uno di loro, è con loro che vorrei un confronto, un aiuto. Perché nessuno se ne occupa?

Perché ignorano il dolore di chi resta?

Il giorno del mio rientro in ufficio cerco di comportarmi coi colleghi con una certa naturalezza, anche se sono uno straccio: ho due occhiaie profonde, il volto sbattuto, sto perdendo peso con una rapidità stupefacente. Difficile non accorgersi del mio stato di prostrazione, del resto. Non mi sogno neppure di celarlo. Tutti sono al corrente di quello che è successo, non possono fare a meno di riconoscerlo e adeguarvisi.

Mi salutano con affetto, con gesti sobri ma eloquenti. Qualcuno mi abbraccia. Qualcuno mi stringe la mano. C'è chi mi accarezza.

Lavoro in un'agenzia di comunicazione. Scrivo testi pubblicitari, volantini informativi, cataloghi, promozioni radio, contenuti redazionali.

Divido la stanza con una collega, Tiziana.

Durante la prima mattinata resisto con una certa forza. Poi a un certo punto, non so perché, e probabilmente non c'è alcun perché, scoppio a piangere.

Tizi alza gli occhi, vede quello che sta succedendo e non sa bene cosa fare.

«Oh, povero...» dice. Vengono gli occhi lucidi anche a lei, ma si trattiene.

Guarda verso il corridoio. Qualcuno potrebbe passare e vedermi.

Si alza, misericordiosa, e va a chiudere la porta. Si tiene lo spettacolo per sé, sceglie di sobbarcarsene il peso.

«Vai a casa» dice. «Perché non vai a casa?» riformula, in chiave interrogativa. «Sei tornato troppo presto.»

È trascorsa una settimana dalla morte di S.

«Stare a casa è peggio» spiego tra i singhiozzi. «Devo riprendere a lavorare, a tenere la mente impegnata, se no impazzisco.»

Si avvicina alla mia sedia, da dietro mi mette una mano su una spalla e la stringe leggermente. Un segnale come un altro di vicinanza, di affetto. Né io né lei siamo mai stati troppo fisici. Lavoriamo insieme da anni, andiamo d'accordo come colleghi, ci vogliamo molto bene come amici, ma entrambi non siamo tipi da smancerie.

E poi lo capiamo tutti e due, se mi abbracciasse adesso non smetterei più di piangere. Invece devo farlo. Mi asciugo le lacrime, ributto giù il grumo in gola.

«Riapri pure la porta.»

«Sicuro?»

«No, ma tu riaprila.»

Il nostro primo sorriso di complicità dopo la tragedia.

Mi trovo a fare i conti con il dolore, e non è un modo di dire. Si tratta davvero di economia della sopportazione: riesco a tollerare un certo grado di sofferenza, ma altri carichi risulterebbero eccessivi. Mi spingerebbero oltre il limite. Verso la pazzia. So che può succedere, ne ho avuto la prova.

Ci sono pensieri troppo strazianti perché raggiungano la soglia della coscienza, quindi restano sepolti sotto la superficie, in un limbo prolungato e protetto.

Ogni tanto qualcosa affiora, una conversazione, un'immagine, un litigio, una scena di tenerezza. Sono tutte ugualmente terribili.

Sono in tram e sto rientrando verso casa dopo il lavoro. Stanco, spento, seduto su uno scomodo sedile di plastica dura guardo la città brulicare fuori dal finestrino. E in quel momento qualsiasi, senza alcun motivo, mi torna in mente il ricordo di una nostra discussione. S. che dice: «Dammi un'altra possibilità», e io che rispondo: «Ti ho dato un milione di possibilità, adesso basta».

L'ultimo litigio la sera prima che lasciasse casa nostra e tornasse a vivere con sua madre.

Avevo rimosso il dialogo, ma ora è tornato questo frammento vivido e preciso. Dammi un'altra possibilità. No, basta.

Lui mi aveva chiesto una proroga e io l'ho rifiutata.

Sono un mostro.

Questa consapevolezza mi assale e mi scuote.

S. chiedeva aiuto e io gliel'ho negato. Potevo salvarlo e non l'ho fatto. Sono un mostro.

Sento che sto per esplodere. Qui, davanti a tutti, in un tram affollato di persone che rientrano a casa dopo il lavoro.

Quanto manca? Un paio di fermate. Quattro, cinque minuti. Resisti. Devi resistere.

Mi alzo in piedi. Mi faccio strada fra i corpi, mi avvicino all'uscita. Fate passare il mostro. Mi reggo ai sostegni e non per questioni di equilibrio, mi devo aggrappare a qualcosa. Supero la prima fermata, ci avviciniamo alla mia. Il tram mi sembra lentissimo adesso, di una placidità estenuante. Sono un mostro. Gli ultimi metri sono un'agonia. Si aprono le porte, mi getto di fuori come da un mezzo in fiamme. Cammino così veloce che sto correndo. Voglio raggiungere casa, adesso, subito.

Faccio i gradini a due a due, infilo la chiave nella serratura e la giro con violenza, sbrigati, non c'è più tempo, ci sono quasi, eccomi, sono dentro.

Mi chiudo la porta alle spalle, mi sfilo lo zaino e mi getto a terra. Non cado, non inciampo, mi lascio andare verso le piastrelle, lascio che il pavimento mi abbracci con la sua fredda durezza ed esplode il pianto che ho trattenuto per tutto questo tempo, un'apnea di dieci minuti, sono un mostro, S. perdonami, sono un mostro, mondo perdonami, sono un mostro, non potrò mai assolvermi per quello che ho fatto, sono un mostro, sono un mostro, aiuto, sono un mostro, qualcuno mi aiuti.

Prima del funerale ricevo diversi fiori e biglietti.

Uno di questi è di una giovane coppia di vicini di casa. Sono amici. Ogni tanto abbiamo cenato insieme. S. portava fuori il loro cane, ci giocava sul ballatoio.

Il biglietto è semplice, una sola riga, e non è rivolto a me, ma direttamente a S. Come probabilmente è giusto che sia. Come se io ne fossi solo il tramite.

Dice: "Ci mancherai tantissimo".

Seguono tre firme: Lory, Mario e Camillo.

Camillo è il cane.

Non so bene perché, ma è il biglietto che mi commuove più di tutti.

Subisco dei cambiamenti anche fisici.

Dicono che i capelli di una persona possano imbiancare all'improvviso in seguito a un forte shock emotivo.

A me succede qualcosa del genere. Si schiariscono le tempie. I capelli diventano grigi. Lo stavano già diventando, ma il processo si accelera, subisce un'impennata improvvisa. Invecchio per shock emotivo.

Non mi limito alla tricologia. Il mio è un processo olistico.

Una collega, incontrandomi qualche settimana dopo il funerale a una riunione di lavoro, mi osserva e dice: «Certo che sei dimagrito davvero un sacco, ma che dieta hai fatto?». Sorride, è convinta di avermi fatto un complimento.

Io cerco di ricambiare il sorriso: «Guarda, è una dieta che non raccomando a nessuno».

Solo in quel momento si accorge della gaffe.

«Oddio, scusami...» Si porta una mano al volto, è sinceramente affranta, ma non ha niente di cui chiedere scusa. Il tempo passa, è normale che gli altri dimentichino la tragedia.

Loro che possono.

Sono io che non riesco a smettere di pensarci neanche un secondo. Un laser perennemente acceso, giorno e notte. Inevitabile che il corpo ne risenta.

Sto diventando il dolore che mi abita.

Io e S. ci siamo conosciuti una sera in discoteca appena fuori Milano, anche se a nessuno dei due piaceva ballare. Non ci andavamo per quello. Io ogni tanto mi infilavo in pista dove c'erano i miei amici, ancheggiavo al ritmo di qualche canzone, tre o quattro al massimo, poi mi annoiavo. S. non fingeva neppure che gli interessasse ballare. Stava al banco del bar o appoggiato a una colonna con una bottiglia di birra in mano e si guardava in giro. Non restava mai solo a lungo. I capelli rasati, gli occhi chiari, gli avambracci che spuntavano dalle maniche arrotolate della sua t-shirt bianca finivano sempre per attirare qualcuno. La sua aria franca e virile appariva come merce rara in un ambiente nel quale la mascolinità era esibita attraverso tatuaggi e muscoli ipertrofici, canottiere aderenti e jeans attillati. Lui non ostentava niente.

La gente trovava scuse qualsiasi per parlargli, hai da accendere, sai che ore sono, le solite banalità. C'era anche chi tentava approcci sfacciati, che lui si divertiva a smontare. Come il ragazzo che gli aveva detto: «È tutta sera che ti guardo e che mi chiedo "Chissà come sarà uno così a letto?"». E S. aveva risposto: «Sdraiato». O il tipo che aveva esordito dicendo: «Scommetto che sei bisessuale». S. aveva annuito e lui: «Dài, vieni a casa mia, picchiami e trattami male come faresti con una donna!», e S., scuotendo la testa: «Ma guarda che io le donne le tratto bene». Non era tipo da grandi discorsi, preferiva troncarli. Era il suo modo di affermare che lui era lui e non le fantasie che gli altri gli proiettavano addosso.

Anche se in quella discoteca ero già andato diverse volte e S. giurava di frequentarla tutte le settimane, non ci eravamo mai visti prima di quella sera. È stato lui ad approcciarmi. Aveva trentacinque anni e gli piacevano i ragazzi più giovani. Tutti mi dicevano che sembravo un diciottenne, anche se ne avevo venticinque.

«Perché non ci vediamo una sera, fuori di qui?» mi ha chiesto.

E io ho accettato.

Nelle mie fantasie sentimentali mi figuravo storie d'amore con ragazzi coetanei. Nei miei desideri me le figuravo con uomini adulti.

Certi desideri si realizzano.

I dieci anni che separavano me e S. segnavano un salto in termini di esperienze, di maturità. Quando l'ho conosciuto stavo finendo l'università, non avevo mai lavorato, dovevo ancora farmi le ossa su cosa fosse la vita vera. Al contrario, lui ne aveva già una alle spalle: un matrimonio finito, una ex moglie, un figlio da mantenere, un lungo curriculum di occupazioni da operaio e manovale.

Quello che sperimentavo con lui non aveva quasi nulla a che vedere con le svagate storielline precedenti fatte di feste, uscite al cinema, vacanze in treno, baci sdolcinati.

S. era risoluto, pratico.

Sapeva riparare le cose, aveva esperienza, conosceva i posti dove andare, era a suo agio con le persone mature, non era spaventato dalle sfide.

Frequentare S. significava frequentare un uomo.

Mi disorientava, mi eccitava. Mi spingeva a crescere. Mi accelerava.

Agli inizi della nostra relazione, S. mi portava a conoscere i suoi posti. La sua geografia non aveva nulla a che fare con la mia, e vivevamo nella stessa provincia.

Mi portava in moto a mangiare in trattorie di paesi periferici dai nomi mai sentiti, di cui sbagliavo l'accento leggendoli sui cartelli stradali. Mi portava a scoprire anse di fiume dove fare il bagno e prendere il sole indisturbati.

Mi raccontava storie di individui che conosceva, che alle mie orecchie suonavano come personaggi letterari.

Da contemporanei, appartenevamo a epoche diverse.

La sua una dimensione di paese di una volta, una comunità ancora solida, dove tutti si conoscevano da sempre e portavano avanti strenuamente abitudini e tradizioni. La mia quella di un paese satellite della metropoli, dove la modernità era a un passo e le scelte (il lavoro, le uscite serali, la gente da frequentare) erano tutte proiettate all'esterno. Restavano lì solo i bambini e i vecchi: gli altri pendolavano con la città su base quotidiana e frenetica.

Io capivo il dialetto, ma non sapevo riprodurlo. Usavo solo l'italiano.

S. oscillava tra i due idiomi con istintivo automatismo. Passeggiando con me lungo le strade del suo paese, quando incrociava qualcuno che conosceva passava al dialetto con uno scarto immediato e inconsapevole.

I dieci anni di differenza sembravano ampliarsi ogni volta. Queste distanze siderali mi affascinavano ancora di più. Me lo rendevano ancora più irresistibile.

(Come cazzo fai a stare con me?, mi chiedeva talvolta, ancora incredulo. E io non sapevo rispondere e non potevo fare a meno di lui.)

Ci sono amori che nascono per affinità, per circostanze favorevoli, per comunanza di ambienti e amicizie, per pura attrazione fisica, per compatibilità estetica, per ideali condivisi, per colpo di fulmine.

Il nostro è nato per sfida. Perché niente intorno a noi suggeriva che fosse possibile. Troppo diversi, per formazione, estrazione sociale, famiglie, educazione, cultura.

Ma abbiamo scelto di fottercene. Ci esaltava fottercene, anzi.

Continuo a chiedermi se la sfida non fosse troppo elevata, visto come sono andate a finire le cose.

Ma poi in fondo lo sappiamo tutti, il modo in cui nascono gli amori non ha nulla a che vedere col modo in cui finiscono, perché quelle che si sono innamorate all'inizio sono due persone diverse da quelle che si allontanano alla fine.

Si è impiccato.

Non l'avevo ancora detto.
Ho impiegato venti pagine per trovare il coraggio di scriverlo.

Gira voce in agenzia che il fratello di uno degli illustratori abbia tentato il suicidio. Che si sia buttato dalla finestra, ma sia sopravvissuto, chissà come.

La voce giunge anche a me.

La vita d'agenzia è fatta di un nucleo fisso interno e di una galassia di collaboratori esterni, un muscolo che si allarga e restringe, inglobando prestazioni e lasciandole andare, in continuazione. Fotografi, grafici, illustratori, registi, musicisti, gente che partecipa a un progetto poi sparisce, gente che finisce per diventare una presenza fissa, volti ricorrenti.

Roberto è uno di questi. Un bravo disegnatore, un tratto poetico, quasi infantile, colori accesi, un gusto molto pop. Inoltre è preciso nelle consegne, una qualità apprezzata quanto il talento visivo quando si tratta di ricorrere a un collaboratore esterno.

È qui perché devono affidargli una nuova campagna, ma non è ancora andato a ricevere gli ordini. È venuto direttamente da me.

«Hai saputo?» chiede.

Gli dico di sì.

Mi racconta che il fratello da qualche mese mostrava segni di apatia, di depressione, ma alternandoli a giorni nei quali appariva del tutto normale.

«Sapevamo che attraversava un periodo negativo, ma nessuno aveva capito che fosse grave. Ti giuro che non sembrava.»

Lo dice come se fosse con me che doveva giustificarsi. Abbiamo le stesse responsabilità, abbiamo frainteso gli stessi segnali. Sono colpevole quanto te, non posso essere io ad assolverti. Vorrei dirglielo, ma lascio che prosegua.

Dice che è successo al mare. La sua famiglia ha un piccolo appartamento in Liguria. Il fratello ci è andato per il weekend, da solo, sebbene avesse detto di essere con un amico. Si è buttato dalla finestra la sera stessa del venerdì, un paio d'ore dopo il suo arrivo.

Aveva programmato di farlo lì e non poteva aspettare oltre (questo lo penso io, non lo esplicita lui). Le fronde di un albero hanno attutito la caduta. Il corpo ha subito diverse fratture, i danni sono notevoli ma sopravviverà.

«Sono distrutto» conclude.

È il mio turno di parlare.

«No, lui è vivo. Tu non sei distrutto. Sei sotto shock. Io sono a pezzi, io che non ho modo di rimediare a nulla. Tu puoi ancora abbracciarlo.»

Ma è me che Roberto abbraccia adesso.

«Hai ragione, cazzo. Hai ragione» smozzica fra le lacrime sulla mia spalla.

Solo chi ci passa attraverso capisce. Solo chi ci passa attraverso sa.

Proprio mentre i paramedici stanno portando via in barella il corpo di S. coperto da un lenzuolo, arriva la prima faccia amica.

È Sara, la mia vicina di casa.

È una psichiatra.

Entra, mi viene incontro, mi abbraccia.

Dice: «Sono stata con lui tutto il pomeriggio ieri. Non dava segnali di poter fare qualcosa del genere. Non te lo dico come amica, te lo dico da professionista».

È il primo tentativo di rassicurarmi che ciò che è avvenuto non era prevedibile e soprattutto non era mia responsabilità.

Nei giorni, nelle settimane, nei mesi seguenti, con formulazioni ogni volta differenti, ascolterò simili tentativi di assoluzione centinaia di volte.

Pochi minuti dopo l'arrivo di Sara, entrano anche due poliziotti. Li avranno chiamati i paramedici. Il portinaio. Non so.

Mi fanno delle domande. Rispondo.

Uno dei due nota la pila di buste sul tavolo.

«Queste?» chiede.

«Sono le lettere che ha lasciato.»

L'agente le prende in mano, le sfoglia.

«Sa che dobbiamo sequestrarle, vero?»

«No!» dico. Ma non lo dico a loro. Lo mormoro a Sara. Trasmetto a lei l'informazione perché se ne faccia carico. Io non sono in grado di discutere, di combattere, di implorare.

Sara capisce immediatamente. «La prego. Sono per la moglie, il figlio. È l'unica cosa che ha lasciato.»

L'agente guarda Sara negli occhi, poi guarda me. Ha brandelli di destino nelle sue mani sotto forma di buste sigillate. Rimane immobile alcuni secondi, poi l'umana compassione ha la meglio sull'etica professionale. Senza rispondere le rimette sul tavolo.

«Grazie» dice Sara.

Lui fa un cenno con la testa e va nell'altra stanza.

Non avevo alcuna idea di cosa succedesse in questi casi. Se in seguito sarei dovuto andare in obitorio, se avrei dovuto subire un interrogatorio, recarmi alla stazione di polizia...

Non succederà niente, perlomeno a me.

Sarà la famiglia a essere chiamata in obitorio. A riconoscerlo, a occuparsi della bara, a riportarlo a casa (a casa di sua madre, s'intende).

Io vivevo con lui da sette anni.

Io per la legge italiana in rapporto a lui non ero niente.

Io non esistevo.

Cambia casa.
Parti.
Fai una vacanza.
Cambia aria.
Vai in analisi.
Fatti prescrivere degli psicofarmaci.
Confidati con un prete.
Diventa buddista.
Chiama il Telefono Amico.

I consigli che mi danno.

Sara mi consiglia di vedere qualcuno che mi aiuti. Un terapeuta. Un professionista con cui parlare.

Mi prende un appuntamento con un luminare, il suo insegnante, quello da cui dice di aver appreso tutto. Dal modo in cui ne parla traspare un rispetto che sconfina nell'adorazione.

Mi fido. Mi affido.

Lo incontro subito.

Sono trascorsi pochi giorni dal funerale, io sono ancora del tutto in stato di shock, troppo sprofondato nell'abisso per elaborare ipotesi di risalita. Cercare aiuto ora è prematuro, non riuscirei ad afferrare una mano tesa, non riuscirei neppure a vederla.

E tuttavia.

Mi ha dato appuntamento nella clinica dove esercita e dove è primario di psichiatria. Chiedo informazioni alla reception, mi indicano il piano, la stanza. Prendo ascensori, percorro corridoi, salgo scale, attraverso reparti. Sono uno zombie funzionale.

Quando arrivo trovo il suo nome sulla porta dell'ufficio ma non lui. Mi intercetta un'infermiera, mi chiede perché sono lì, glielo spiego e lei va a chiamarlo.

Dal fare affannato con cui mi raggiunge intuisco che lo sto strappando a qualche impegno, che lo spazio per me ha dovuto ricavarlo in una giornata già fitta, che deve averlo fatto per rispetto verso la mia amica psichiatra, la sua allieva.

Io sono un favore.

Mi fa sedere alla sua scrivania e mi chiede cosa può fare per me.
Esiste una risposta a questa domanda?
Sì: niente. Nessuno può fare niente.
«Non lo so, dottore» dico.
«Sara mi ha raccontato» dice lui.
È giovane per essere un luminare. Gli darei una cinquantina d'anni al massimo. Mi torna in mente che Sara mi aveva raccontato di una festa di compleanno dove lui si era presentato a sorpresa, che per lei era stato il regalo più inaspettato. Un'autorità scientifica giovanile al punto da fare improvvisate alle feste dei suoi allievi. Ho questa immagine di lui con le maniche arrotolate, che ride, che beve una birra. Il mio inconscio mi fornisce sequenze casuali di vite che non ho vissuto.
«Sto così male che non credo di riuscire a sopravvivere» dico.
Lui annuisce pensieroso.
«Ci vuole tempo» dice. «Ma certo che se ne esce.»
Mi illustra una sorta di quadro clinico di ciò che sto vivendo sul piano emozionale. Della sofferenza, dello sconcerto, delle modalità di ripresa. È accurato, essenziale. Cita esempi. Tempistiche.
Mentre parla mi scendono un paio di lacrime, involontarie come uno starnuto.
Mi dice che un supporto psicologico mi sarebbe di aiuto, ma che non è lui la persona che può fornirmelo, che la sua agenda al momento non glielo permette.
Capisco perché uno studente possa essere affascinato da

un docente simile. Trasmette autorevolezza e solidità senza rinunciare ai modi affabili. Al contempo, la praticità del suo discorso mi suona come una lingua aliena.

L'incontro sta già volgendo al termine, lui mi stringe la mano con l'aria professionale di chi ha svolto il suo compito. E l'ha fatto, probabilmente bene.

Non sono in grado di capirlo.

Cinque minuti dopo sono fuori. Da solo. La città intorno con la sua vitalità incomprensibile, inarrestabile, che mi urla addosso.

I miei muscoli ritrovano la via di casa.

Agli albori della nostra frequentazione, io e S. passavamo molto tempo in macchina. Girando di notte avevamo trovato questo edificio abbandonato in campagna a pochi chilometri dal mio paese. Erano rimasti solo dei piloni e un tetto, forse le pareti erano crollate o forse era stato interrotto in fase di costruzione. Non che per noi facesse alcuna differenza. Ci piaceva l'idea di questa sorta di cattedrale nel deserto, lo scheletro di una cascina o di un magazzino che avevamo fatto diventare un nostro rifugio segreto.

Ci posizionavamo lì sotto, restando in auto a parlare per ore.

Quando pioveva era piacevole la consapevolezza di un tetto sopra l'abitacolo. Potevamo anche uscire dalla macchina e restare comunque all'asciutto mentre intorno l'acquazzone inondava i campi coltivati.

Ci sono luoghi che diventano parte della nostra geografia interiore.

Negli anni seguenti, quando già io e S. vivevamo insieme da tempo, se ci capitava di passare con la macchina in zona gettavamo sempre un'occhiata verso quella rovina abbandonata fra le campagne e sorridevamo al ricordo di quelle notti.

Era inevitabile che la struttura venisse abbattuta prima o poi, ed è successo qualche mese dopo la sua morte. Come se, con la scomparsa di S., il rudere avesse perso significato anche per il resto del mondo.

In verità sono grato che non esista più quello scheletro

fra i campi, quel tempio pericolante che celebrava l'inizio del nostro amore.

La sua demolizione mi preserva dalla tentazione al pellegrinaggio.

Non rileggo mai un libro due volte. Non per intero almeno. Ne riprendo delle pagine, dei passaggi quando voglio rinfrescare la memoria su alcuni punti specifici, ma una rilettura integrale è rarissima.

Questo era uno di quei casi. Un autore americano che avevo letto da giovanissimo era tornato alla ribalta con nuovi libri di successo dopo un intervallo di molti anni. Avevo ritrovato la sua prima raccolta di racconti in uno scatolone a casa di mia madre e sfogliandola mi ero reso conto di non ricordare nulla. Di cosa parlassero i testi, se mi fossero piaciuti. Era passato troppo tempo. Così avevo infranto la mia regola personale, decidendo di rileggerlo per intero.

Era quello il libro che avevo con me in tram mentre tornavo a casa la sera in cui S. è morto. Le ultime parole entrate nella mia testa erano quelle delle sue pagine. Prima della scoperta del cadavere. Prima dell'esplosione. Prima del vuoto.

Nel mio inconscio si è creato un legame, insensato, arbitrario, inesorabile, tra la mia personale tragedia e quel libro. Tra il dolore atroce e il nome di quell'autore.

I casi della vita (perché la vita è perversa, l'ho capito) mi hanno portato anni più tardi a incontrarlo. Un evento letterario a cui partecipavamo insieme. Ne è nata una simpatia. Ci siamo scambiati gli indirizzi di posta elettronica. Ogni tanto ci incrociamo in un festival. Ogni tanto mi manda un saluto via mail.

A lui non ho mai confidato della sua presenza simbolica

nel giorno più cupo della mia esistenza. Non so come potrebbe reagire, non so che senso avrebbe renderlo partecipe di una simile spiacevole coincidenza. Gliela risparmio.

Però quando il suo nome compare fra i messaggi della posta in arrivo, dentro di me, ancora oggi, si scatena un microscopico terremoto.

Ho poche foto di S.

Oggi probabilmente ne avrei il telefonino pieno, ma stiamo parlando di un periodo nel quale i cellulari erano dotati di fotocamere pessime e per foto si intendeva ancora comunemente una pellicola da sviluppare e stampare in laboratorio.

Ho alcuni album (vacanze, feste, qualche scatto casalingo). Poca roba, se paragonata alla quantità industriale di immagini che siamo abituati ad avere (e produrre) ora.

Soprattutto non ho nessun video. Nessuna sequenza di S. che riproduca il suo modo di muoversi, di camminare, di sorridere, di parlare.

Non ho neanche tracce sonore della sua voce.

Forse per le nuove generazioni sarebbe inconcepibile. Credo che altri, al mio posto, sarebbero estremamente rammaricati, forse persino disperati.

Io curiosamente non lo sono mai stato.

Se chiudo gli occhi anche in questo momento lo rivedo con totale chiarezza: la sua andatura placida, quando camminava, il modo in cui inclinava la testa mentre mi parlava, lo sguardo vispo e penetrante, le rughe intorno agli occhi, le labbra che svanivano sorridendo. E risento la sua voce, la sua risata.

Non sento la mancanza di supporti fisici. La sua presenza è impressa con tecnica indelebile nel mio hard disk interiore.

Lo odio. Lo odio così tanto per quello che ha fatto. Come ha potuto gettarci in questo incubo? Me, suo figlio, sua madre anziana, la sua famiglia, come ha potuto?

Sei un bastardo, S., sei un vero bastardo. E un egoista, cazzo.

Lo grido, da solo, a casa, grido contro le pareti del nostro appartamento. Certe sere. Certe notti.

Lo odio, ma allo stesso tempo sento di non poterlo odiare. Che già si è punito così tanto lui stesso che non posso aggiungerci il mio, di carico.

Mi dibatto dentro sentimenti opposti, di odio e amore, di rabbia e compassione, di furia e tenerezza, di condanna e comprensione, due forze antagoniste che mi stritolano.

Neanche questo riesco a capire. Cosa provo? Come posso passare da un estremo all'altro con tanta rapidità, a volte nello stesso momento, a volte nello stesso pensiero?

Non si va alla deriva in una sola direzione. Si è strappati da una parte all'altra. Ci si sfracella in ogni direzione.

Al suo funerale, uno dei quattro uomini che regge la bara è un suo cugino. Non so chi mi abbia fornito questa informazione, di quel giorno ho memorie confuse e a sprazzi, il dolore ha cancellato molto. Mi sembra di ricordare che S. mi avesse parlato di questo cugino, che viveva nel suo stesso paese, le loro abitazioni a distanza di qualche centinaio di metri. Il figlio della sorella di sua madre. Anche se era più giovane di una decina d'anni, S. sosteneva che fosse l'unico della famiglia ad assomigliargli.

Non l'avevo mai incontrato prima. Al funerale lo vedo per la prima volta e lo riconosco subito perché sì, è vero, si somigliano. All'improvviso questa vicinanza fisica è l'unica cosa sulla quale riesco a concentrarmi. Non posso togliergli gli occhi di dosso. Rivedo tracce di S. nel suo viso, nello sguardo, nel modo di muoversi. Come se una scintilla di S. fosse presente in lui, che è qui, che è a pochi passi da me, che è ancora vivo.

Provo l'istinto bruciante e folle di toccarlo, di afferrarlo per un braccio, di stringergli le mani, di abbracciarlo, di strapparlo alla sua funzione di portantino, di allontanarlo da quella bara.

Non faccio nulla di tutto questo. Non mi muovo.

Durante la funzione ogni tanto mi ritrovo a guardare nella sua direzione.

Cerco nei suoi movimenti e nelle sue espressioni un'eco di quelli di S.

Cerco una traccia di vita mentre stiamo celebrando la sua morte.

Affronto questo dramma senza un Dio.

Sono cresciuto in una famiglia cattolica il cui senso della fede è sempre stato pratico e concreto. Mia nonna faceva la volontaria nelle opere della chiesa, mio nonno andava a fare le riparazioni necessarie quando in parrocchia si rompeva qualcosa. Il fratello e la sorella di mio padre hanno preso entrambi i voti, dedicandosi per anni alle missioni nelle regioni più povere dell'Africa centrale.

Credere per noi voleva dire fare. Si traduceva in azioni, non in concetti astratti e distanti. Non in figurine ideali a cui rivolgere una preghiera la domenica e chiusa lì.

Ho avuto esempi eccellenti, ma non sono bastati.

Ho smesso di credere, a un certo punto. Non so dire quando, in un intervallo confuso fra l'adolescenza e l'età adulta. Ho capito che quella convinzione che chiamiamo fede in me non era più presente.

Ne ho preso atto.

La tragedia non mi ha riavvicinato a Dio, il dolore non mi ha reso ipocrita.

Mi sono chiesto spesso quanto questo rendesse il momento più difficile per me.

Non avevo un Dio da invocare, ma non avevo neanche un Dio a cui indirizzare tutta la mia rabbia.

Non so se sia un guadagno o una perdita, in nessuno dei due casi.

Quando sei vittima di una simile tragedia l'unica cosa che vuoi fare è farla finita. Allontanarti da tutto e da tutti, mettere fine allo strazio in un colpo solo. Ed è la sola cosa che non puoi fare.

Perché hai visto cosa provoca sugli altri, i danni emotivi che crea. Non potresti mai infliggere a coloro che ami quell'inferno che stai vivendo tu ora.

Una contraddizione perfetta, di una crudeltà sublime.

Si calcola che nel mondo avvenga un suicidio ogni 40 secondi.

Ogni anno più di un milione di persone si toglie la vita (un numero che supera sia le vittime di omicidio che quelle di guerra).

Si ipotizza che i tentativi non riusciti siano dieci volte tanto.

Solo in Italia si suicidano in media circa 4000 persone l'anno.

L'Organizzazione mondiale della sanità ha classificato il suicidio come dodicesima causa di morte nel mondo.

Se restringiamo il campo alla popolazione fra i 15 e i 44 anni diventa la terza.

Statisticamente, le donne presentano un numero maggiore di tentativi di suicidio, mentre è maggiore negli uomini il numero di suicidi portati a termine.

Si suppone che le cifre siano in difetto: lo stigma sociale e il tabù di discuterne apertamente fanno sì che esista una scarsa qualità di informazioni disponibili. È probabile che diversi suicidi vengano catalogati (per errore o per scelta) come morti di altro tipo.

Eppure, malgrado tutti questi dati, queste evidenze mondiali, perché chi sopravvive al suicidio di una persona cara continua, disperatamente, a sentire di essere il solo a cui sia successo?

Nello specifico, perché continuo a sentirlo io?

Che ne sia consapevole o meno, chi compie un suicidio ti trascina con sé. Quel giorno avete spiccato insieme il volo verso il vuoto, e se per l'altro corpo non c'è stato nulla da fare, il tuo se l'è cavata senza un graffio. È il tuo spirito a essere tumefatto.

In modi differenti, nessuno dei due è scampato.

Non ti sei mai sentito così solo.
Non sei mai stato più solo di così.

Tra le tante, casuali follie delle settimane subito successive alla morte di S., ci sono anche confessioni a cuore aperto affidate alle persone sbagliate, vittime del caso.

Mi trovo a dire a quasi sconosciuti quello che mi è successo, incapace di trattenermi. Gente che dopo un banale "Come va?" finisce per ricevere una risposta agghiacciante, e annaspa in cerca di una reazione accettabile.

E poi ci sono un paio di lettere. Un'amica che non sento da diverso tempo e un professore americano col quale sono in contatto per un progetto editoriale. A ciascuno scrivo lunghi e dettagliati resoconti, uno in italiano e uno in inglese, raccontando cosa sto attraversando.

Altre persone mi hanno inviato messaggi in questo periodo, non so perché abbia scelto proprio loro due per aprirmi. Con l'amica può esserci una blanda motivazione legata alla confidenza di un tempo, con l'insegnante americano non c'è alcun motivo plausibile che lo giustifichi. Accecato dal dolore, semplicemente non sono più in grado di distinguere fra il sensato e l'inopportuno, fra il confidente e l'estraneo. Al momento mi sembra normale aprirmi con questi due. Solo qualche mese dopo mi trovo a ripensarci con assoluto sconcerto. Inutile dire che il professore non mi risponde e che non avrò mai più sue notizie. L'amica mi confida, quando la rivedo, molto tempo dopo, che la lettera l'ha sconvolta al punto da non sapere come reagire.

A modo loro, entrambi sono altre vittime accidentali di questa situazione. Ogni esplosione colpisce a caso, del resto.

Agli inizi della nostra storia avevo anche provato a lasciare S.

Ci frequentavamo da qualche settimana e nessuno dei due aveva cercato di definire la relazione, di darle un connotato, un nome.

Le nostre differenze tracciavano più distanze che aree di contatto. Mi divertiva uscire con lui, ma.

Era curiosità? Era attrazione magnetica fra poli opposti?

Qualunque cosa fosse, dentro di me temevo che si sarebbe esaurita in fretta, così una sera ho cercato di anticipare quella fine che mi appariva inevitabile, e imminente.

Gli ho detto che forse non aveva molto senso andare avanti in questo modo. Credevo in tutta sincerità di dare voce anche al suo pensiero, di porre sul tavolo una questione che stavamo solo cercando di aggirare.

Quello che non mi aspettavo, e che lui invece mi restituì, fu il ribaltamento delle mie convinzioni, il rilancio della partita.

Mi disse che era innamorato di me.
È così che sono cambiate le cose fra noi.

Un weekend in montagna, vicino al confine svizzero, io e S. ospiti da un amico. Nevica, fa freddo e nessuno di noi due scia, ma ci godiamo l'atmosfera da cartolina invernale, le passeggiate con gli stivali, qualche discesa in slittino per ridere, le sere col vin brulé davanti al fuoco con la gente del posto.

L'amico che ci ospita ci ha lasciato una piccola baita appena fuori dal paese. Ha tutto quel che serve: la stufa, una piccola cucina, un letto matrimoniale su un soppalco. Non c'è il bagno. «Per quello usate il bosco» ci ha detto ridendo.

La prima notte andiamo a letto tardi, provati dalla stanchezza e dall'alcol. Ci addormentiamo a bomba.

A un certo punto, in piena notte, sento che S. si alza.

«Dove vai?»

«Esco a pisciare» dice.

Siamo a dicembre. Fuori si gelerà. Fa già freddissimo di giorno, figuriamoci adesso.

«Non puoi uscire così. Mettiti addosso qualcosa.»

Che sia estate o pieno inverno, S. dorme completamente nudo.

«Faccio in un attimo» mi offre come giustificazione ed esce.

Io resto in attesa del suo ritorno. Passa un minuto, ne passano due. Ma cosa sta combinando, mi chiedo. Perché ci mette tanto? Comincio a preoccuparmi. Non è che gli ha davvero preso un colpo, là fuori, con questo freddo? Sto quasi per alzarmi quando sento il cigolio della porta e i suoi passi sui gradini in legno del soppalco.

S. risale intirizzito.

«Perché ci hai messo così tanto?»

Sogghigna, colpevole. «Già che c'ero ho fumato una sigaretta.»

«Ma sei pazzo?»

Lui è divertito dalla sua bravata e si infila fra le coperte con uno sguardo inequivocabile: ha già in mente in che modo scaldarsi. In un attimo mi è addosso e mi sta sfilando il pigiama.

È completamente gelato e io, ovviamente, mi sciolgo.

I miei ricordi con S. riguardano sette anni di vita in comune. I traslochi da una casa all'altra, le vacanze, i tragitti in macchina, le serate sul divano a guardare la TV, le cene sul tavolino microscopico in balcone... Una valanga di minutaglie che ora mi appaiono tutte preziose in egual misura e dolorosamente irrecuperabili.

Fra i ricordi c'è anche il sesso, naturalmente. Siamo stati molto innamorati e provavamo un desiderio sfrenato l'uno per l'altro. I primi tempi non riuscivamo a staccarci le mani di dosso. Frammenti di quei momenti hanno cominciato presto a riaffiorare, per via inconscia, attraverso i sogni.

Mi svegliavo scosso e confuso: l'immagine vivida di noi due abbracciati che facevamo l'amore era consolante, mi riportava a momenti felici e di grande armonia, ma allo stesso tempo mi turbava moltissimo aver evocato il sesso con una persona da poco deceduta.

S. era morto e il mio corpo lo desiderava ancora.

Ma era davvero fisico il mio desiderio?

Non lo sapevo e compresi che non mi importava. Cominciai ad accettare anche questo: che rievocare il sesso con lui era un altro modo di tenere vivo il suo ricordo.

Ho scoperto che in un momento simile molte barriere sono pronte a saltare come pedine da gioco dopo un pugno sul tavolo.

Stavo troppo male per pormi problemi morali.

Ho cominciato a masturbarmi pensando a lui.

Continuavo a provare desideri sessuali per un corpo che era stato compagno del mio per anni e che ora stava marcendo in un loculo.

Sono malato, mi dicevo. Non sono normale.

Ma non me ne fregava un cazzo.

Continuavo a farlo.

Per quei pochi attimi eravamo ancora insieme, due corpi che si uniscono, che si penetrano, che diventano una cosa sola.

Certe volte piangevo mentre venivo.

Scopro di essere un sopravvissuto. Non in senso lato, in termini tecnici. I parenti dei suicidi vengono definiti "sopravvissuti".

Come i superstiti di un naufragio, di un terremoto, di una guerra, di un incidente stradale, di un'esplosione. Come chi si sia trovato a restare in vita, ad andare avanti quando tutto intorno a sé è stato spazzato via.

Sopravvissuto. Nonostante tutto. Nonostante questo.

Soltanto trentotto paesi in tutto il mondo hanno attivato programmi di prevenzione per il suicidio. Negli altri si continua a ignorare il problema.

Per ogni suicidio compiuto si calcola che ci siano fra i sei e i dieci sopravvissuti (genitori, figli, mogli, mariti, amicizie): migliaia di persone che ogni anno precipitano in uno stato di dolore e confusione estremi.

Secondo l'American Psychiatric Association la perdita di un familiare per suicidio è differente da qualsiasi altro tipo di lutto ed è un evento catastrofico paragonabile all'esperienza in un campo di concentramento.

Attualmente non esistono protocolli scientifici specifici per l'aiuto e l'assistenza ai *survivors*.

Il mio bisnonno Dorino, classe 1888, diceva di aver combattuto tutte le più grandi battaglie della Prima guerra mondiale. Di certo, era stato protagonista di almeno due conquiste storiche, quella del Carso e quella del Monte San Michele.

Militare semplice di fanteria, raccontava incredulo di aver assistito alla morte, al ferimento e alla mutilazione di decine di suoi commilitoni durante i combattimenti, ma di essere rimasto completamente illeso. Neanche un graffio, un proiettile di striscio. Nulla.

Tirava fuori questa storia ogni volta, durante le feste di Natale, con la famiglia riunita e qualche bicchiere in corpo. Si commuoveva ricordando gli amici caduti e non si capacitava del proprio destino di miracolato.

L'episodio più sbalorditivo però gli era accaduto dopo le battaglie del Carso e del San Michele, quando l'intero battaglione era stato inviato in Albania. In seguito ai successi conquistati anche su questo campo, la truppa aveva ottenuto una licenza premio per tornare a casa qualche giorno. Si era dunque imbarcata al porto di Valona su una nave diretta in Italia, ma pochi attimi prima della partenza è giunto un gruppo di ufficiali e per fare posto ai graduati alcuni militari semplici sono stati fatti scendere. Fra loro c'era anche Dorino. Le sue vibranti proteste per questa ingiusta e improvvisa sostituzione sono rimaste inascoltate.

Tuttavia, pochi minuti dopo la partenza la nave è stata silurata e affondata dalle flotte nemiche e l'intero equipaggio è perito nell'attacco.

Ancora una volta, la sorte aveva deciso di graziarlo, e nel modo più plateale possibile.

Per quanto fossi molto piccolo, mi ricordo del bisnonno che raccontava queste storie trattenendo a stento l'emozione, anche se solo diversi anni dopo ne avrei compreso il contenuto.

Mi sono trovato anche a riflettere sui suoi racconti e sulla sua inspiegabile sorte.

Forse è insito nel mio DNA: sono destinato a sopravvivere.

È un lascito ereditario che scorre nel sangue della mia famiglia.

Proprio come Dorino che ripeteva la sua incredibile storia a chiunque volesse ascoltarla, anche io sono sopravvissuto a una guerra perché il mio ruolo è raccontarla.

"Adesso ho conosciuto davvero la sofferenza. E sono sopravvissuta. [...] Ho toccato il fondo. E sopravvivo."

Susan Sontag, *La coscienza imbrigliata al corpo*

La mia vita è piena di musica.

Ascolto musica da quando ero bambino, in una famiglia dove non si ascoltava. È su mia insistenza che un impianto stereo compatto ha fatto il suo ingresso in casa quando ero ancora ragazzino, ed è sempre grazie a me che sono arrivati i primi vinili. (La prima volta che ho chiesto a mia madre di comprarmi un disco è stato con un 45 giri di Rino Gaetano: non male come esordio per un ascoltatore di appena dieci anni.)

Ho acquistato dischi con le prime paghette che mi passavano i miei, racimolando in settimane la somma sufficiente per arrivare a un album, e ho potuto poi dare libero sfogo agli acquisti quando ho cominciato a guadagnarmi i primi stipendi.

I miei dischi mi hanno seguito di casa in casa nel corso di anni e traslochi. Oggi i vinili occupano una libreria all'ingresso dell'appartamento dove vivo e uno scaffale che corre dietro il divano, mentre un intero lato del corridoio è coperto da una libreria di CD. Sono centinaia ormai, non li ho mai contati, non ho mai smesso di aggiungerne.

Consumo musica a livello costante, da sempre.

La ascolto mentre lavoro, mentre guido, mentre cucino e mentre mangio, mentre mi lavo al mattino.

Mi sono occupato di musica, ho scritto di musica, ho lavorato a contatto coi musicisti. Non sono capace di suonare nulla, ho una voce orribile, non potrei mai fare né il musicista, né il cantante, ma di musica sono impregnato. Una passione autentica.

In una sola occasione ho smesso di ascoltare musica, per giorni: dopo la morte di S.

Per settimane ho avuto la sensazione di un vuoto siderale nel quale mi sembrava persino mi fischiassero le orecchie, come dopo un boato. Un'esplosione nucleare in formato domestico.

Mi infastidiva fisicamente la musica, non mi dava alcuna gioia (o senso, o consolazione, o calma, o) ascoltarla. Aveva smesso di avere significato. Come tutto, del resto.

Ci sono tornato, poi. Lentamente, come chi impara di nuovo a camminare. A piccoli passi.

Comincio a credere di rivedere S. Dappertutto.

Un volto nella folla, un uomo che corre veloce sulle scale della metropolitana, un viso al finestrino di un autobus, un cliente in un negozio intravisto dalla vetrina, qualcuno che attraversa una piazza.

A volte si tratta di una reale somiglianza fisica, uomini intorno ai quarantacinque anni, rasati, visti di sfuggita. A volte è un particolare: lo stesso giubbotto imbottito verde, il cappellino da baseball indossato al contrario. A volte non c'è alcun legame: mi convinco di averlo visto, poi osservo meglio ed è un individuo qualsiasi, che fisicamente non ha nulla a che vedere con la sua immagine. Sono io che proietto attorno a me sue tracce.

Mi capita persino di credere di individuarlo in qualcuno che sta camminando davanti a me. Quella è la sua nuca, mi dico. Quelle sono le sue spalle. Quei jeans. Il modo in cui cammina. Allora accelero il passo, mi avvicino, lo supero e mi volto a guardare. Non è lui, non ci assomiglia neppure, non può essere lui, lo sapevo benissimo prima di affrettare l'andatura, prima di girarmi a controllare.

Chi sto cercando di illudere?

Chi sto cercando di ingannare?

Eppure quei momenti stupidi, gli attimi in cui conservo l'illusione che sia a pochi passi da me, che esista ancora, che stia per incontrarlo di nuovo, quel secondo che precede la verifica: in quello spazio microscopico di speranza torno a stare bene.

Un barlume di serenità, prima di ripiombare nel buio.

Ciò che il sopravvissuto cerca non è la remissione del dolore, perché sa che è impossibile. Più che altro anela a una tregua, prega per un breve armistizio.

Qualche minuto con la testa sopra la superficie dell'acqua, in cui tornare a respirare a pieni polmoni, prima di immergersi di nuovo in quella perenne apnea.

Inizio un percorso di terapia.

Una psicologa che mi è stata raccomandata. (Il supporto in queste circostanze arriva attraverso le vie più disparate: chi si offre di fermarsi la notte per non farti dormire solo, chi ti porta dei regali, chi viene a cucinare per te, chi ti suggerisce la psicoterapeuta migliore.)

Sono contento che sia una donna, in modo inconscio la ritengo più comprensiva, più accogliente.

Ha solo una decina d'anni più di me, i capelli corti, gli occhiali che ogni tanto toglie e appoggia sul tavolino fra noi due.

Al nostro primo incontro le racconto perché sono lì. Lei non dice quasi nulla, io sono un fiume in piena, cerco di fornirle più nozioni possibili, come in un interrogatorio del quale conosco già tutte le domande senza bisogno che qualcuno me le ponga.

Alla seduta successiva mi confessa che quando sono uscito dallo studio si era messa a piangere, colpita dalla mia vicenda, dalla mia sofferenza.

Mi sorprende questa sua apertura. Forse sta tradendo un'etica professionale, non credo siano reazioni da condividere col paziente, ma le sono grato di avermi mostrato la sua partecipazione. Mi sembra una prova ulteriore che sia la persona giusta per capirmi, per ascoltarmi, per aiutarmi.

Non sarà così.

Nei mesi successivi, in appuntamenti prima settimanali, poi quindicinali, io rimango incastrato in un loop, rievocando di continuo le stesse situazioni, la stessa scena.

Racconto la sera del suicidio, il mio ritorno a casa, la mano che tocca il cadavere nel buio. Racconto dei giorni seguenti. Racconto del funerale. Racconto le stesse cose sempre, come una goccia che scava il solco, insistendo ogni volta. Soprattutto la sera del suicidio. Rievoco particolari che forse avevo tralasciato negli incontri precedenti, dettagli che accumulo in cerca di significati. Come se avessi il bisogno insopprimibile di tornare nello stesso luogo, nello stesso momento, e rivivere la scena ogni singola volta nel modo più preciso possibile. Come se non me ne stancassi mai.

Non piango. Parlo, parlo, senza alcuna commozione. Rievoco minuzie come un sadico che con un coltello cesella ferite aperte, e non mi scende una lacrima.

Percepisco i suoi sforzi per raggiungere le mie emozioni, perché io le *esprima* invece che vivisezionarle. Capisco che c'è qualcosa di inceppato nel meccanismo, sempre uguale a sé stesso, uno spettacolo che vive di sole repliche.

Le prime volte attendo l'appuntamento con la terapeuta quasi con trepidazione. Sapere che esiste quel momento durante la settimana mi è di conforto, a volte sembra darmi uno scopo. Esco dalle sedute come svuotato, ma in qualche modo più leggero.
Col passare del tempo diventa qualcosa di meccanico. Un rituale. Un impegno. Il senso di leggerezza all'uscita si fa minimo, impercettibile.

Una sera, al termine dell'ennesimo incontro, senza che lo avessi preventivato, mi scoprirò a chiederle: «Non ha senso proseguire, vero?».
Lei avrà l'onestà di ammetterlo: «No, non credo».

Qualche giorno dopo che sono tornato a vivere nell'appartamento da solo, mia madre viene a trovarmi.

In ascensore ci sono due signore che chiacchierano fra di loro.

«Hai sentito della tragedia?»

«Di quello che si è ammazzato? Sì, ho sentito.»

«E quell'altro?»

Mia madre non riesce a trattenersi: «Quell'altro è mio figlio» dice.

Non lo fa per difendermi.

Non lo fa per intervenire nella conversazione.

Non lo fa per sconvolgerle.

Lo fa per il terrore di quello che le due donne avrebbero potuto dire in sua presenza. Qualunque cosa fosse.

Le due donne infatti restano pietrificate.

Si aprono le porte.

Mia madre esce.

Io sono quell'altro. Quello che è rimasto.

Cosa dirà la gente di me?

Come mia madre, anch'io non voglio saperlo.

Gli ascensori inducono a intimità impreviste, del resto.

Una mattina all'arrivo in agenzia mi trovo in ascensore con un art director che è lì da qualche settimana, col quale ho scarsa familiarità. Durante la salita siamo entrambi muti, con lo sguardo rivolto verso le porte chiuse dell'abitacolo. Senza guardarmi, sceglie di spezzare il silenzio: «Immagino che tu non lo sappia, perché ci conosciamo da poco, ma io sono molto religioso. In questi giorni ho pregato spesso per te».

È una confidenza che mi comunica come un'informazione.

«Grazie» gli dico.

«Non riesco neppure a immaginare cosa significhi sopportare quello che devi affrontare tu» conclude. Poi con un sorriso mesto esce dall'ascensore.

Il dramma mi ha reso celebre. I colleghi mi dedicano pensieri, preghiere. Vedono il mio abisso e capiscono il privilegio di essere stati risparmiati, la fortuna che non sia toccato a loro.

Ricevo una telefonata.

È uno scrittore che conosco. Non posso definirlo amico perché non ci frequentiamo, ma è un autore che ammiro da sempre e che sono onorato di conoscere. Lui lo sa. Gliel'ho confidato il giorno che l'ho incontrato per la prima volta, alla presentazione di un suo romanzo alla quale ero arrivato con uno zaino carico di suoi vecchi volumi da farmi autografare.

Sono passate forse tre, quattro settimane dalla morte di S. Lui l'ha appena saputo (non so come abbia fatto).

Mi chiede come sto. Mi mostra il suo affetto e la sua partecipazione. Parliamo di cose semplici, lasciando che i significati profondi rimangano fra le righe.

Poi, all'improvviso, con uno scarto completo di senso, chiede: «Stai prendendo appunti?».

Se qualcun altro fosse stato all'ascolto di questa conversazione sarebbe rimasto basito per una simile domanda, all'apparenza completamente slegata dal resto del discorso. Quali appunti? Su cosa?

Ma io capisco perfettamente cosa intende dire. Il livello della conversazione si è spostato altrove.

«No» confesso.

«Fallo.»

«Ma...»

«Prima o poi scriverai di questo momento. Anche se adesso ti può sembrare assurdo pensarlo, dentro di te sai che succederà. Siamo scrittori. Scrivere è il nostro modo di elaborare le esperienze, di far fronte alla vita.»

Fra tutte le telefonate ricevute in quei giorni, questa è quella che ricordo con maggiore precisione. Perché veniva da una persona distante ma presente. Perché non cercava di consolarmi, sapendomi inconsolabile. Perché non ha usato formule ipocrite o giri di parole. Perché, nell'oscurità totale in cui ero precipitato, mi ha ricordato in che direzione avrei dovuto, un giorno, cercare la via per risalire.

Due settimane prima che si togliesse la vita, ero andato a trovare sua sorella. Della famiglia era l'unica con cui S. avesse un rapporto normale. I due fratelli non li vedeva né sentiva mai. Non li nominava neppure, come se non esistessero. Quando era ancora sposato capitava che si frequentassero ogni tanto con le rispettive famiglie, nelle feste comandate. La separazione e la scelta di andare a vivere per conto suo (prima) e con me (dopo) l'avevano reso ai loro occhi un alieno, tagliandolo fuori dal loro radar. S. aveva risposto escludendoli dal suo.

Con la sorella era diverso. C'era un legame significativo fra loro. In un paio di occasioni ci aveva anche invitato a cena. Era una madre single, separata, con due figli adolescenti da crescere e da tenere a freno.

Era strano vedere S. nel ruolo di zio. Ogni volta, all'inizio, i ragazzi lo guardavano con un vago sospetto, ma nel corso della serata perdevano la reticenza e ritrovavano il cameratismo di sempre. Del resto li capivo, non deve essere semplice nel momento delicato dello sviluppo ormonale vedere lo zio passare dal ruolo di padre di famiglia a quello di omosessuale convivente. Uno come lui poi, che era il ritratto della virilità. Doveva averli confusi parecchio, almeno nei primi tempi, ma poi l'avevano superata, anche perché S. era chiaramente lo zio preferito, quello simpatico, che con loro faceva il cazzone, che li sfidava a delle gare stupide in cortile, che gli faceva bere la birra di nascosto dalla madre, che raccontava le barzellette sconce e che gli faceva fare i giri in moto. Era chiaro dai loro discorsi che non ci fosse confronto con gli altri due zii, che classificavano sommariamente come idioti (trovandomi in pieno accordo pur non avendoli mai incontrati).

Era la prima volta che andavo a casa di Elena senza S.

A dirla tutta, non sapevo neanche dove fosse lui quella sera. In un primo momento, dopo che ci eravamo lasciati, era tornato a vivere da sua madre, ma poi ho scoperto che anche quella sistemazione non era regolare. Spesso dormiva fuori, a casa di amici, o forse persino sconosciuti che lo abbordavano nei locali. Un paio di volte, ero venuto a sapere, aveva dormito in macchina. Tutti segni di una irrequietezza vistosa.

Se ero andato da Elena era proprio perché questa situazione mi preoccupava. Con me, al telefono, S. passava da toni concilianti a urla e insulti. Le telefonate fra due persone che si stanno lasciando, quel grumo di odio, risentimento, affetto, desiderio di riconciliazione e ansia di troncare per sempre, il bisogno di attribuire all'altro tutte le colpe, la voglia gratuita di ferire. Tutti gli ingredienti rientravano nella norma. Tranne uno: la minaccia di suicidio.

La prima volta che l'aveva espressa gli avevo riso nel ricevitore. Ma piantala, fammi il piacere. L'avevo presa per una sparata, una delle tante sue. Poi l'aveva detto di nuovo, in una telefonata successiva. Avevo continuato a tenere il tono da duro, "Con me non attacca", ma cominciava a farsi strada una punta di inquietudine.

Per questo ora ero a cena da Elena da solo, senza S. e senza neanche i ragazzi, fuori per una partita di pallone serale, come spettatori o come giocatori, non avevo chiesto.

«Sta facendo solo scena.»

Sua sorella sorseggiava il caffè, mostrando una serenità assoluta sull'argomento.

Avevo atteso la fine del pasto per tirare fuori la questione e svelarle i miei timori. Lei, come me la prima volta, ci aveva riso sopra.

«A me non ha mai accennato una cosa del genere, figurati. Sa che non ci cascherei.»

«Non è questione di cascarci o meno. Anche io gli dico di smetterla con queste cazzate, che non ci crede nessuno, ma poi quando riattacco penso: e se fosse un grido d'aiuto?»

«Senti, secondo me vuole solo che torniate insieme.»

«No, credimi. Abbiamo passato due anni di tira e molla, stavolta invece non c'è ritorno. È finita, e lo sappiamo benissimo tutti e due.»

«Bah, se lo dici tu...»

«Però, proprio per questo motivo, io non sono la persona adatta a stargli vicino in un momento simile. Non riusciamo a finire una telefonata senza insultarci a vicenda, è chiaro che non possiamo essere uno il sostegno dell'altro ora. Col tempo immagino che torneremo a parlarci in termini civili, magari ci frequenteremo come amici, non lo so, me lo auguro, però attualmente basta un nulla per saltarci alla gola. Tu invece...»

«Io cosa?»

«Potresti provare a essere più presente, a cercare di capire dove va la notte, a tenerlo d'occhio, che non faccia cazzate...»

Elena aveva assunto un'espressione infastidita, si era alzata e aveva raccolto le nostre tazzine vuote per andare a depositarle nel lavello. Sembrava aver occupato questo tempo per elaborare una risposta.

«Senti, io ho già i miei casini, non ho il tempo di seguire le vostre menate. Mio fratello si è preso tutte le libertà che ha voluto nella vita ed è capacissimo di cavarsela da solo. Non è mica un bambino, anzi, è uno capace di distruggere una famiglia per seguire i suoi desideri fregandosene di tutto e di tutti. Adesso sta male? Poverino. Sai quanta gente ha fatto stare male lui?»

Il tono della conversazione si era ribaltato, era diventato quasi accusatorio. S. non aveva lasciato sua moglie per mettersi con me. Il loro divorzio risaliva almeno a tre anni prima che ci conoscessimo, ma ora appariva come un dettaglio irrilevante. Anche se aveva avuto una serie di avventure prima di me, io ero stato il primo e unico uomo col quale aveva scelto di andare a convivere. La mia colpa era quella di aver reso inequivocabile una condizione che forse, fino ad allora, si poteva fingere di ignorare o tenere nascosta.

Elena è l'unica della famiglia con cui avessi un rapporto reale, ci sentivamo spesso, ci trattavamo con affetto ed era strano per me sentirle dire frasi così. Doveva essere tesa e forse già esasperata da questa storia. Ora non sapevo come reagire a questo scarto di tono da parte sua, a questo atteggiamento all'improvviso respingente (l'hai voluto tu, ora te lo gestisci tu).

«E se poi succede qualcosa di brutto?» ero riuscito solo a chiedere.

«Ma cosa vuoi che succeda? Voleva solo spaventarti e ci è riuscito, vedo.»

Aveva riso di nuovo, ma era una risata forzata, intorbidita dallo sfogo di insofferenza precedente.

Forse ha ragione lei, però avevo pensato. Forse S. si sta solo comportando in maniera egoistica e sua sorella è stanca quanto me delle sue mattane. È normale che finisca per sbottare e dire cose del genere.

La rabbia momentanea poi era passata.

Sulla porta ci eravamo abbracciati e salutati con l'affetto di sempre.

Sono solo uno stupido, mi ero detto, tornando in macchina. S. ti sta prendendo in giro ancora una volta e tu, come sempre, ci caschi, mi ero detto. Smettila di dargli retta, mi ero detto.

L'ultimo anno in cui io e S. siamo stati insieme è stato uno stillicidio.

Chiunque abbia vissuto la fine di una storia d'amore intensa sa quanto dolorosa e confusa e protratta e distruttiva e straziante possa essere. Non devo spiegare niente.

In quei mesi io e S. continuavamo a stare insieme e farci del male, incapaci di lasciarci definitivamente.

I litigi scoppiavano di continuo, violenti, per questioni da nulla. Era come stare in costante equilibrio sul vuoto, bastava un passo in più per precipitare. Le urla, le recriminazioni. Non ci sopportavamo oltre.

Ricordo che una volta, dopo l'ennesima discussione, S. era uscito la sera e non era rientrato. Sono andato a dormire, senza aspettarlo. Lui è tornato in piena notte. Mi sono destato dal sonno e abbiamo ricominciato a litigare, immediatamente. Gli ho chiesto dove fosse stato fino a quell'ora, con chi. Lui sosteneva di essere semplicemente stato in giro, in macchina, per schiarirsi le idee. E poi, in maniera furiosa ha cominciato a spogliarsi, io seduto a letto e lui in piedi che si toglieva maglietta, scarpe, calze, jeans, boxer, per poi piazzarsi davanti a me totalmente nudo e ordinarmi di toccarlo, di annusarlo. Per provarmi che non aveva fatto niente, che non aveva addosso l'odore del sesso, l'odore di qualcuno.

Maria Teresa, una collega, mi invita fuori a pranzo. Conosceva anche lei S. L'aveva chiamato per un lavoretto di imbiancatura a casa sua, c'era stata una minima frequentazione.

Mi porta in una trattoria dietro l'ufficio. Sediamo a un tavolino in una zona leggermente appartata. La sala da pranzo vera e propria è collocata sul retro, qui all'ingresso del locale ci sono quattro tavolini che la gente sceglie solo quando quelli della sala centrale sono occupati.

Cominciamo a mangiare e io le racconto quello che è successo. Ormai è un copione che recito a soggetto. È quasi meccanico. Poi mi sale la commozione. Smetto di mangiare, smetto di raccontare. Mi metto a piangere. Maria Teresa mi stringe la mano. Anche lei ha gli occhi lucidi.

Al tavolino accanto c'è un uomo che mangia da solo. Un professionista in giacca e cravatta, forse un impiegato delle banche che proliferano in questo quartiere, o un dirigente di qualche tipo. Sui quarant'anni. Stempiato. Si accorge che sto piangendo. Alza gli occhi dal suo piatto e mi guarda. Non un'occhiata veloce, mi fissa. Il suo sguardo all'inizio è quasi divertito. Un uomo che piange in pubblico: deve trovare la cosa imbarazzante e ridicola. Io naturalmente me ne frego. Sono al di là del bene e del male, delle opinioni della gente, del senso dell'opportunità, dei criteri che qualificano determinati comportamenti come idonei o meno alla vita sociale. Io sono solo sofferenza, in questo momento. Piangere mi rappresenta e mi identifica. Le regole del mondo non mi appartengono più. Vuole guardare? Guardi.

Lui ha perso il ghigno in volto. Ha smesso di trovarmi divertente, ora è curioso. Vuole capire perché stia piangendo. Non mi toglie gli occhi di dosso, le mie lacrime sono il suo intrattenimento: la sera cena davanti alla TV, oggi pranza davanti al mio strazio.

Non mostra il minimo ritegno, io sto offrendo uno spettacolo patetico e lui è intenzionato a goderne fino in fondo.

Anche Maria Teresa ha smesso di mangiare. Non sono discorsi che conciliano l'appetito. Mi propone di uscire. Io acconsento, per accontentare lei, non perché abbia preferenze. Per piangere un posto vale l'altro.

Mentre mi alzo, punto lo sguardo sul mio spettatore. Neanche il confronto diretto lo intimidisce. Continua a fissarmi senza alcun imbarazzo.

Usciti in strada, mi giro un'ultima volta verso l'interno dalla vetrina. Lui è ancora là, che mi segue con gli occhi: non si capacita che io abbia la sfrontatezza di piangere anche per strada.

Si è impiccato a un tubo che correva sopra la porta d'ingresso.

Quando sono rientrato la sera ho allungato la mano nel buio per cercare l'interruttore della luce e ho trovato il suo corpo che penzolava.

Ho percepito la tragedia con il tatto prima che con gli altri sensi.

La mente ha impiegato qualche secondo per elaborare.

Anche la voce ha richiesto tempo. Ho provato a gridare ma non avevo fiato, non esalavo suono.

Ho ansimato a vuoto diverse volte prima di emettere il vero urlo.

A sua madre hanno preferito non dire la verità. Ha superato gli ottanta, la notizia di un figlio suicida avrebbe potuto avere conseguenze emotive disastrose. La versione ufficiale che hanno tenuto con lei è stata quella dell'infarto.

«Un uomo così forte, così sano» ripeteva sconsolata e incredula il giorno del funerale.

Tutti annuivano, dandole corda e recitando la parte. Quelle parole che gli altri prendevano per il commento ingenuo di una madre inconsapevole, a me sembravano tutt'altro che inadatte. A loro modo erano un'altra forma di verità, perché S. era davvero forte e sano e questo rendeva ancora più terribile il suo gesto. Un rifiuto della vita mentre il suo corpo ne stava scoppiando.

S. straripava di vitalità.

Non stava mai fermo, andava in giro, parlava con chiunque, conosceva tutti.

Un'estate siamo andati in vacanza in un paesino sulla costa spagnola. Il terzo giorno, nel tardo pomeriggio, di rientro dal mare, salutava persone per strada. Erano il tabaccaio, il panettiere, l'edicolante. S. non parlava lo spagnolo, né l'inglese, né nessun idioma straniero.

«Come hai fatto a conoscere tutta questa gente in soli due giorni senza sapere la lingua?»

S. scuoteva le spalle. «Mi sono fatto capire lo stesso» diceva.

Una mattina siamo entrati insieme in un vagone affollato della metropolitana. Tempo cinque secondi, mi sono girato e lui stava parlando con uno sconosciuto.

«Adesso mi spieghi come sia possibile attaccare bottone così in fretta» gli avevo chiesto dopo.

«È stato lui» si era giustificato. «Ha riconosciuto dal tatuaggio sul braccio che abbiamo fatto il militare nello stesso corpo e mi ha salutato.»

Anche quando taceva, S. attirava lo sguardo, le chiacchiere degli sconosciuti.

Era il miele per i discorsi del mondo.

C'è un prima e c'è un dopo il dolore.

Io ero un'altra persona, prima.

E mi rimarrà per sempre il dubbio se il vero me stesso fosse il ragazzo incosciente di allora o l'adulto contorto che ne è seguito.

Dopo il lungo periodo nell'agenzia di pubblicità, ho seguito un percorso lavorativo all'insegna del continuo cambiamento. Ho collaborato con una miriade di società: giornali, radio, case editrici, case di produzione audiovideo, canali televisivi, scuole di scrittura.

Il tempo passava e io entravo in contatto con nuove realtà professionali e colleghi ogni volta diversi.

La precarietà creativa comporta la fatica di dover ricominciare da capo in ciascuna tappa, ma permette anche di reinventarsi di continuo. Un serpente che cambia ogni volta pelle. Ero una persona differente e chi avevo intorno ora non poteva sapere come fossi stato in precedenza. A nessuno raccontavo del mio passato, di quello che mi era successo, di S. Vivevo solo in funzione del presente, della nuova facciata.

Col tempo il dolore è diventato sempre più intimo, sempre più personale, un segreto custodito nei recessi della mia anima. Come l'eco di una tortura, come un oscuro tesoro. Col tempo diventava più mio, esclusivamente mio.

"Il dolore risulta essere un posto che nessuno conosce finché non ci arriva."

Joan Didion, *L'anno del pensiero magico*

Uso continuamente il termine "dolore" ma so che è improprio perché fornisce un riferimento parziale di ciò che si prova.

Accanto alla sofferenza c'era questa sensazione costante di distacco dal reale, come se fra me e il mondo ci fosse un vetro, una distanza sottile ma concreta che mi rendeva uno spettatore esterno. Come se fossi perennemente altrove, in un luogo dove non ero mai stato prima, un personale e irraggiungibile abisso.

Provavo una sorta di onnipotenza al contrario: voi non sapete dove sono io. Credete di vedermi, credete di parlare con me, ma vi sto solo illudendo. Andate pure avanti con le vostre cose. Le banalità del mondo non mi riguardano più, ora che ho conosciuto la vera oscurità.

C'è una forma di arroganza nella sofferenza pura.

Il dolore è un anestetico. Avvolge, protegge. Mi rende inattaccabile anche dalle cattiverie del mondo. Possono dirmi, farmi qualunque cosa, non reagisco, non mi importa.

Scopro che il rischio non mi spaventa più, che potrei attraversare zone pericolose di notte da solo, affrontare pistole spianate e coltelli alla gola, invincibile come un supereroe.

Al telegiornale sento la notizia di un uomo che durante una rapina in banca ha affrontato da solo i malviventi, offrendosi come ostaggio al posto di una bambina che tenevano sotto tiro.

Ne parlano come di un eroe.

Io penso: che ci vuole?

Mandate me.

Sono già passato attraverso il peggio.

Non può succedermi nient'altro.

Scopro di essere diventato immune anche alla paura.

Di notte, a letto, incapace di dormire, mi chiedo cosa sarei disposto a fare pur di rivedere S., di avere l'occasione di parlargli un'ultima volta.

Non so perché, ma mi viene anche in mente questa ipotesi folle: che mi sia data l'occasione di incontrarlo *da morto*. Che la porta si apra e che lui entri come uno zombie, con un principio di putrefazione in corso, con brandelli di pelle che si staccano dalle braccia, con movimenti imprecisi e a scatti, con suoni gutturali e spaventosi che escono dalla bocca aperta in modo innaturale e sgraziato.

E dentro di me penso: va bene anche così.

Lo sopporterei.

Vi prego, basta che me lo fate incontrare un'ultima volta.

Ma neanche i demoni del sottosuolo accolgono i miei lamenti.

La serie televisiva francese del 2012 *Les Revenants*, creata da Fabrice Gaubert e basata sul film omonimo del regista Robin Campillo, è un prodotto di genere ibrido, a cavallo fra la fantascienza, il thriller e l'horror. Le prime due puntate sono sceneggiate da uno dei maestri della narrativa francese, lo scrittore Emmanuel Carrère.

Ricordo ancora le sensazioni che ho provato quando ho visto il primo episodio. Non sapevo esattamente quale fosse il contenuto, ne avevo letto un paio di critiche eccellenti e mi ero incuriosito, scaricando la serie illegalmente dalla rete (in Italia sarebbe approdata quasi un anno dopo, spinta dal successo internazionale).

All'inizio l'atmosfera era quella tipica di un thriller (musica tensiva, sottopassaggi serali, clima plumbeo e minaccioso), quindi mi aspettavo quel genere di narrazione. Poi quando sono arrivato a capire di cosa si trattasse, ho cominciato a sentire il battito cardiaco accelerare, il respiro che mi mancava e le lacrime che mi rigavano le guance.

La vicenda che racconta è ambientata in un piccolo paese sulle Alpi, dove all'improvviso alcuni defunti fanno ritorno alle loro case. A differenza dei classici film dell'orrore, nei quali un personaggio che torna dal regno dei morti ricompare in veste di zombie, qui i personaggi hanno un aspetto del tutto normale. Appaiono esattamente come i loro cari li ricordavano, come cristallizzati nel tempo. Conservano dunque l'acconciatura, gli abiti e l'età che avevano il giorno del loro trapasso. L'esemplificazione più straniante è quella che riguarda una adolescente morta in un incidente stradale, che quando torna dalla sorella gemella scopre che nel frattempo lei è cresciuta ed è ora una ventenne.

La presenza dei redivivi ("les revenants" del titolo) provoca uno shock in tutte le famiglie coinvolte, con sentimenti e reazioni discordanti, e crea un prevedibile scompiglio nell'intera cittadina.

Les Revenants comunicava con una parte profonda di me, andando oltre la trama e i personaggi che metteva in scena, lo spazio e il tempo in cui era ambientata. Sono certo che per lo spettatore standard fosse semplicemente un buon mystery dalle venature gotiche. Per me, sopravvissuto, era la rappresentazione del desiderio più intenso e irrealizzabile: il ritorno di S. E non un S. mostruoso, tramutato in morto vivente, non un S. fantasma, olografia al limite dell'allucinazione, no, l'S. normale, l'S. dell'ultimo giorno, l'S. al quale avevo così tante domande da fare, spiegazioni da fornire, perdono da chiedere, abbracci da dare.

Ho guardato l'intera prima stagione in uno stato quasi febbrile. Terminavo ogni episodio col volto rigato di lacrime, senza alcuna relazione col contenuto della puntata, che poteva essere tanto spaventoso quanto consolatorio: io piangevo comunque. Per me non si trattava di una forma di intrattenimento serale, quasi piuttosto di un'esperienza spirituale, una fantascienza mistica il cui messaggio andava perduto nel pubblico comune (e che probabilmente travalicava anche le intenzioni degli autori stessi), ma che in me trovava il ricettore perfetto.

Ho visto moltissime altre serie televisive negli anni, ma nulla mi ha mai coinvolto in questo modo. Forse anche per l'esclusività dell'esperienza: laddove altri vedevano un horror, io assistevo a una privata comunione di corpo e spirito, di linguaggio conscio e inconscio che trovavano l'accordo perfetto in una sinfonia che potevo ascoltare io soltanto.

Suppongo sia un istinto naturale quello di farci percepire come estranea l'eventualità del suicidio di un nostro caro, ritenerlo qualcosa che può accadere nelle vite (disastrate) degli altri e non nella nostra. Prenderlo in considerazione forse sarebbe un pensiero troppo terrorizzante.

Per questo tendiamo in pratica a ignorarlo, anche se è un tema presente tanto nell'arte quanto nella cronaca.

Nelle settimane dopo la morte di S. chiedo a un amico, grande lettore, di consigliarmi un libro leggero, qualcosa per distrarmi. Mi passa il romanzo di un autore inglese, una commedia romantica di ambientazione musicale, che mi metto a leggere quasi come un esercizio, ma che in effetti riesce nell'intento di tenermi occupato. Peccato che anche qui, verso la fine del libro, uno dei personaggi si suicidi.

Quando lo faccio notare al mio amico, è desolato. «Ti giuro che non mi ricordavo per niente di questo particolare!»

Povero, non ha nessuna colpa. È ovvio che per lui è un semplice risvolto della vicenda, un particolare, appunto, a cui un comune lettore non presta nessuna attenzione.

Fino a poco tempo fa anche io ero come lui e non avrei mai immaginato di dover ragionare diversamente.

Il gesto estremo di togliersi la vita è presente nei libri, nei film, nelle serie TV, negli spettacoli teatrali, persino in certe canzoni estive, e per tutti noi è normale non registrarlo neppure.

Riconosco di essere sintonizzato su altre frequenze, che mi colpiscono particolari che prima mi avrebbero lasciato indifferente, che vedo cose una volta invisibili.

Persino certe banalità radiofoniche arrivano a toccarmi nel profondo. Ritornelli pop che acquistano un nuovo senso, che escono dall'intrattenimento e diventano contenuti.

In un negozio di abbigliamento mentre mi aggiro fra gli scaffali in diffusione passa *No Regrets*, una canzone di Robbie Williams. Le parole mi investono di significato.

Non voglio odiarti, ma l'odio è tutto quello che mi hai lasciato.
Nessun rimpianto, tanto non funzionano.
Nessun rimpianto, fanno solo male.
Dicono tutti che me la stia cavando bene.

In una festa di piazza, dalle casse Gloria Gaynor canta *"I should have changed that stupid lock, I should have made you leave your key"*. Anche io ci ho pensato di continuo: avrei dovuto cambiare quella stupida serratura, avrei dovuto farti lasciare le chiavi. Precise parole.

Sto guidando, Cher canta su una base dance e io mi trovo a pormi questioni filosofiche.

Do you believe in life after love?
Credi alla possibilità della vita dopo l'amore?
Che alle mie orecchie suona come: credi che si possa sopravvivere a tutto questo?

Non lo so, amica mia rifatta. Davvero lo vorrei, ma non so risponderti.

Recettori anestetizzati che sono tornati attivi e vigili, una ricerca di significato che si estende all'ovunque.

Qualche giorno dopo il funerale vengo a sapere che uno dei suoi fratelli dice in giro che vuole aspettarmi sotto casa per picchiarmi.

Uno dei due fratelli che durante gli anni della mia convivenza con S. non si era fatto vivo una singola volta, non una chiamata, non un messaggio, che si è persino rifiutato di riconoscere che noi esistessimo come coppia, che si vergognava di S., adesso, dopo la sua morte, riscopre il loro legame e attribuisce a me la responsabilità di tutto. Io l'avrei rovinato, io l'avrei distrutto, e poiché non è nemmeno in grado di parlarmi, vuole risolvere la faccenda dandomi una lezione a suon di pugni.

Che lo faccia, penso. Che venga. Tanto sono impermeabile a tutto.

Avanzate, nemici dal buio. Non vi temo. Assalitemi. Colpite.

Voi non potete immaginare quanto sia invincibile in questo momento, quanto non mi spaventi nulla.

La sera, davanti al portone, mi guardo intorno per scorgere sagome acquattate nell'ombra in attesa del mio arrivo.

Non si presenterà mai nessuno. Codardi.

Con Angela, l'ex moglie, ho rapporti ambivalenti.

Quando io e S. abbiamo cominciato a frequentarci lui era separato da anni. Non sono stato io la pietra dello scandalo, lo sfasciafamiglie. La famiglia si era sfasciata da sola.

(Da un dialogo fra me e S.:

«Hai lasciato tua moglie perché avevi capito di essere gay?»

«No, l'ho lasciata perché avevo capito di non amarla più. Il sesso con gli uomini non c'entra, è venuto dopo.»)

Nel corso del tempo ci sono state occasioni di incontro, in genere quando S. andava a prendere o a riportare il bambino. Niente di troppo plateale, nessuna cena di famiglia allargata, non fingevamo di essere più moderni di quello che eravamo. Io rispettavo i suoi confini e in cambio lei si mostrava affabile con me. Nessuna frizione apparente.

Ma poi.

Il giorno del funerale lei torna a svolgere il ruolo di moglie, di vedova. Per il paese è lei quella in lutto. Ignorano la mia esistenza. Io sono un amico qualsiasi, in dodicesima fila.

Disperato, ma a metà chiesa.

Lontano dal feretro, lontano dai parenti.

Quasi tutti in famiglia sanno della mia esistenza. Nessuno quel giorno vuole riconoscermi un ruolo, una posizione.

Al termine della cerimonia, per un attimo, io e Angela ci incrociamo.

Le tendo una mano, un singolo gesto di fratellanza nel lutto.

Lei mi guarda, fredda, e non tende la sua.

La mia rimane lì, inerte, a stringere il vuoto inconsolabile.

Dovrei odiarla per questo, ma non mi importa, davvero.

Siamo entrambi stravolti, chissenefrega dei cerimoniali, degli sguardi malevoli. Ho imparato che il dolore giustifica tutto. Anche la meschinità del momento.

Il tempo, poi, sistema.

Qualche settimana dopo mi telefona. Una sera, in lacrime.

Dice: «Chiamo te perché sei l'unico che può capirmi. Gli altri sono parenti, è diverso. Solo noi due sappiamo cosa significa averlo perso perché io e te ci siamo innamorati di lui. Noi lo abbiamo amato come uomo».

La maturità di questo discorso azzera anni di pregiudizi.

Questa è la mano che finalmente tende.

Da bambino, da ragazzo, riuscivo a dormire solo con l'oscurità totale. Se filtrava anche un piccolo spiraglio di luce fra le stecche della tapparella, mi alzavo e andavo ad abbassarla del tutto. La notte doveva essere assoluta per conciliarmi il sonno.

Poi ho cominciato a viaggiare, a dormire fuori, a trovarmi in circostanze nelle quali non potevo gestire il grado di buio della stanza e ho dovuto adeguarmi. Le prime volte è stato difficile (ricordo ancora come un incubo una notte in vacanza in una stanza senza scuri, credo fosse nel Nord della Germania: i lampioni della strada, la luce dell'alba che invadeva la camera...). Col tempo ci ho fatto l'abitudine.

Adesso il problema non si pone, ho imparato a dormire in qualunque condizione di luce e se ripenso a quella fissazione giovanile la reputo insensata.

La prova che ci si abitua a tutto, anche a ciò che una volta ci appariva impossibile.

Me lo ripeto allo sfinimento nei mesi successivi alla tragedia, imponendomi di crederci. Si può imparare a convivere con un lutto simile, ci si può abituare a questo vuoto interiore che risucchia tutto come un buco nero. Arriverà un giorno in cui questo sfregio farà parte di me senza più turbarmi, una caratteristica come tante.

Come il mio modo di camminare.

Come il fatto che non mangio pesce.

Come il metro e sessantotto di altezza.

Le cose che fanno di me, me.

Non è facile parlarne. Per gli altri.

Riconosco che sono in difficoltà, che cercano le parole giuste, il tono adatto.

Come si affrontano certe cose? Nessuno ti prepara a farlo.

È una delicatezza che ti tocca improvvisare.

Qualcuno invece non ha remore. Questo lo capirò con esattezza soltanto dopo, in retrospettiva. Al momento subisco senza reagire. Rispondo. Eseguo. Sia fatta la tua volontà, amen.

Mi chiama un cugino di S. È uno che ho conosciuto tempo prima, brevemente. Avevamo cenato insieme una sera, poi mai più sentito. Ha saputo della tragedia e mi ha chiamato.

Vuole sapere cos'è successo.

Glielo dico.

Vuole sapere com'è successo.

Glielo dico.

Vuole sapere i particolari. Com'era lui. In che stato l'ho rinvenuto. Cosa ho fatto. Chi ho chiamato. Cosa ho provato.

Non è una telefonata di circostanza, è un interrogatorio. Mi pone domande spiacevoli, morbose. Vuole affondare la lama e rimestare nel torbido.

Io lo lascio fare. Rispondo a tutto.

Vuole sapere cosa ho detto alla sua famiglia. Vuole sapere se sono stato all'obitorio. Vuole sapere cosa ha detto la gente del palazzo.

Rispondo anche a quello.

Una parte di me, in un debole rigurgito razionale, capisce che questa conversazione non ha senso. Che è inopportuna, malata. Che nessuno ha il diritto di infierire così su una persona che soffre, men che meno un semisconosciuto come lui. Ma non ho energie per ribellarmi. Lascio che prosegua con la sua indagine da pervertito. Assecondo ogni richiesta. Sto così male che niente può farmi stare peggio. Questo è già il punto estremo dell'abisso. Non c'è oltre, per quanto possiate spingermi in basso.

Poi a un certo punto finisce. Ha esaurito le domande. Mi saluta, come se avessimo chiacchierato del tempo.

Ciao.

Ciao.

Per quanto tu vorresti evitarlo, c'è una forma di socialità nel lutto alla quale sei (continuamente) chiamato a rispondere.

La gente chiede a te, ne parla con te, è da te che vuole sapere, è te che vuole consolare.

Diventa un'occupazione a tempo pieno. I conoscenti, gli amici. Le telefonate al mattino presto, le telefonate a pranzo, le telefonate la sera tardi. Ho appena saputo. È terribile. Sono senza parole, come stai.

Quando perdi qualcuno quell'assenza diventa una tua caratteristica, nei primi giorni in particolare ti identifica totalmente. Diventa te.

All'inizio non sei in grado, lasci che un familiare risponda in tua vece, ma poi, a un certo punto, ti tocca. Non puoi nasconderti per sempre, non puoi evitare che il mondo ti trovi.

Certe volte scivolavo in una bolla di oblio, mi perdevo guardando qualcosa in TV, ascoltavo i discorsi della mia famiglia che parlava di inezie quotidiane, attimi in cui il pensiero della sua morte si affievoliva. E poi, all'improvviso, un telefono squillava. Era per me che chiamavano, non c'era neppure bisogno di chiederlo. Quel suono mi strappava all'incoscienza e mi ributtava nella realtà.

Le loro intenzioni sono nobili, vogliono farti sentire l'affetto, la vicinanza, ma per te è una fatica anche questo.

E quella domanda inespressa, che nessuno pronuncia ma che percepisci inesorabile fra le righe: perché l'ha fatto?

L'unica domanda vera, quella a cui tu stesso non potrai mai dare una risposta.

Affrontare con gli altri il fantasma di quella domanda per un po' diventerà la tua costante. Il tuo lavoro.

Siamo andati a convivere dopo circa un paio d'anni di frequentazione. Non l'avevamo messo in programma, non ne parlavamo neppure.

Io stavo in un monolocale a Milano, lui viveva con la madre in provincia. Veniva a trovarmi la sera, due o tre volte a settimana, e poi le volte sono diventate sei, sette, e quel locale era troppo piccolo per viverci in due. Tanto valeva accettare la realtà delle cose.

Una sera dopo cena, nel nuovo appartamento di due stanze in subaffitto, mentre guardavamo non so cosa in TV, S. si era voltato verso di me e aveva detto: «Sai che non credevo si potesse essere così felici?».

Mi aveva lasciato senza parole.

Non era un tipo da grandi esternazioni. Capivo che quella dichiarazione gli era venuta spontanea contemplando la nostra ordinarietà di coppia qualsiasi: a piedi scalzi, su un divano Ikea comprato in offerta e un programma d'intrattenimento in onda.

Senza ulteriori elaborazioni da parte sua, ho intuito cosa intendesse dire nel profondo: questa pace quotidiana era una conquista che a lungo non si era neppure concesso di immaginare.

Cresciuto in un ambiente nel quale l'omosessualità era semplicemente inconcepibile, ha ignorato la propria natura per anni, seguendo il programma che la società prevedeva per lui: si è sposato, ha messo su famiglia, come i suoi fratelli, i suoi amici, chiunque lo circondasse. Poi quando il matrimonio è andato in crisi e si è separato, ormai adulto e di nuovo libero, ha capito di dover dare ascolto a impulsi che per anni e anni aveva negato a sé stesso di provare. Ha avuto le prime esperienze, ha vissuto anche qualche storiella. Poi sono arrivato io. Poi è arrivata la convivenza.

Ora i pezzi del puzzle della sua vita, forse per la prima volta, trovavano la loro combinazione. Aveva un figlio, che amava sopra ogni cosa e che vedeva di continuo. Degli amici al paese che erano all'oscuro della sua nuova vita ma che continuava agilmente a frequentare con un paio di menzogne. E un compagno con cui viveva un'intimità sentimentale che dava per scontato gli sarebbe stata preclusa, perché troppo lontana dalla sua portata.

Credeva di non essere destinato a certe cose. E invece, eccoci lì.

Sì, malgrado le evidenti differenze, di cultura e di carattere, malgrado le ristrettezze economiche, malgrado le cose, in seguito, abbiano preso un'altra piega, per alcuni anni siamo stati molto felici insieme. Lo siamo stati davvero.

Ridevamo anche molto insieme. Devo sforzarmi di ricordarlo, perché ora (da anni) ogni volta che ripenso a lui la sua figura è legata alla sofferenza. Invece ci siamo divertiti parecchio, in quel tempo che mi appare così distante, il Pleistocene dei miei vent'anni.

S. aveva un modo di ridere che coinvolgeva l'intera faccia. Gli occhi che si facevano due fessure, le labbra sottili che scomparivano e mettevano in mostra i denti.

So che è assurdo, ma quando penso a lui che ride me lo vedo in bianco e nero. Perché ride così nella prima foto che gli ho scattato: lui sdraiato sul divano, con le braccia dietro la nuca, che guarda ridendo dritto verso l'obiettivo (verso di me che mi sporgo sopra di lui). Una foto analogica, su pellicola in bianco e nero.

Aveva un'ironia tutta sua. Ricordo che dopo aver visto in TV il film *Balla coi lupi* era andato avanti per settimane a utilizzare un finto linguaggio da indiano sioux, dando anche nomi (irripetibili) a certe nostre abitudini, che mi facevano ridere alle lacrime.

Gli piaceva farmi ridere, anche con degli scherzi cretini, sbucare all'improvviso da dietro una porta, togliermi la sedia mentre stavo per mettermi a tavola. Gesti gioiosamente infantili che mi sorprendevano ogni volta perché mi apparivano così inattesi.

Un adulto, un manovale, un padre di famiglia.

L'intimità è anche questo: gli aspetti inattesi di una persona, che gli altri non possono neppure immaginare e che rimangono una tua esclusiva.

Mentre scrivo queste pagine scopro che nei miei ricordi con S. non piove mai. Solo un'immagine è relativa al maltempo (la macchina al riparo sotto una tettoia mentre infuria il temporale), per il resto riesco a rievocare solo tramonti, spiagge di sassi, il fiume che scorre, le sere coi vicini di casa seduti sulle mattonelle del ballatoio, le gite in moto in montagna, una manifestazione sotto un'afa cocente e il refrigerio dell'aria condizionata tornati in albergo, gli scatti fotografici di una vacanza al mare. Il sole, sempre.

Mi chiedo cosa sia questo fenomeno di revisionismo climatico, di cui non ho mai letto da nessuna parte testimonianze paragonabili. Un'invenzione del mio inconscio? Un meccanismo di difesa basato su condizioni meteorologiche favorevoli? Qualunque cosa sia, non me la bevo. L'ingenua equazione *bel tempo = serenità* è fasulla come una banconota da quindici euro. So molto bene le difficoltà e gli scontri che abbiamo vissuto, le tempeste che hanno caratterizzato la nostra vita emotiva. Eppure, malgrado questa consapevolezza, non posso farci nulla: ho la testa piena di immagini dai colori saturi e leggermente sovraesposte per la troppa luce. Un'estate perenne che contrasta il gelido inverno che le è succeduto.

Perché l'ha fatto?

Negli ultimi due anni S. aveva mostrato segni di irrequietezza crescente, accompagnati da gesti plateali, provocazioni, sfuriate, comportamenti insensati.

Ha lasciato il lavoro da autista, all'improvviso. Una sera è tornato a casa e mi ha comunicato che si era licenziato. Sosteneva che il camion che guidava fosse troppo vecchio e ormai difficile da maneggiare. Che lo obbligassero a lavorare in condizioni inaccettabili. Che lo sfruttassero.

Diceva che un amico gli aveva promesso un posto come magazziniere in un supermercato, una cosa sicura. Invece non c'era niente di sicuro e quel posto non l'ha ottenuto.

Da quel momento si è innescata una girandola di occupazioni precarie, che potevano durare un mese o due giorni.

Ha cominciato a bere, pesantemente.

Ha cominciato a non rientrare la sera. Non sapevo con chi fosse, cosa stesse facendo. A volte aveva bevuto così tanto che, come nelle barzellette sugli ubriachi, non riusciva a capire quale fosse la porta di casa o a infilarci le chiavi giuste. Telefonava a un paio di persone sbagliate prima di trovare il mio nome in rubrica. Mi svegliava in piena notte perché gli aprissi.

Diceva di continuare a versare la quota per il mantenimento del figlio, quando in verità stava saltando le scadenze.

Ovviamente la nostra relazione a quel punto era a puttane.

Sembrava stesse sabotando la sua intera vita. Di proposito.

Quella felicità ordinaria che tanto l'aveva emozionato ora non gli bastava più. Una volta me l'ha anche detto, un'affermazione che mi era parsa eccessiva e insensata. «Ho capito che dopo di questo non ci può essere altro nella vita.» Come a dire che aveva qualcosa dentro che gli ribolliva, un'inquietudine che aveva tenuto a bada attraverso una serie di conquiste e che adesso era tornata a prendere il sopravvento. Come se avesse già bruciato tutte le tappe e per lui non ci fosse in serbo altro. Una fame che non sapeva più come calmare.

Io e S. non stavamo più insieme quando si è tolto la vita.

Ufficialmente ci eravamo separati da tre mesi.

In quel periodo ci siamo rivisti ogni tanto. Conservava le chiavi dell'appartamento in cui avevamo convissuto, ma che era a nome mio e il cui affitto, di fatto, non pagava più da chissà quando.

Passava talvolta a ritirare alcune cose che aveva lasciato o a depositarne altre, in attesa di una nuova sistemazione. Avrei potuto farmi restituire le chiavi, privarlo della facoltà di entrare o uscire a piacimento. Mi sembrava una crudeltà, non l'ho fatto. Malgrado gli scontri e le tensioni fra noi, rispettava la mia privacy. Passava di lì quando ero al lavoro o mi avvisava prima, se mi sapeva in casa.

Mi sono chiesto molte volte cosa sarebbe accaduto se gli avessi ritirato quelle chiavi.

Dove avrebbe compiuto quel gesto? Sarebbe stato lo stesso o avrebbe trovato altre modalità? Sarebbe stato più difficile farlo? Senza questa possibilità pratica avrebbe dovuto organizzarsi diversamente, prendere più tempo? In quell'intervallo prolungato avrebbe potuto ripensarci?

La mia testa è piena di domande a cui non risponderà mai nessuno.

Però sono convinto che sia tornato lì a uccidersi perché per lui quella restava "casa".

Dopo tutti questi anni, ancora non riesco a decidere se sia un pensiero consolante o atroce.

Mi piace ascoltare musica di artisti poco noti, andare a cercare artisti indipendenti, gruppi lontani dal successo radiofonico e dalle classifiche.

Nei primi anni 2000 mi ero entusiasmato per l'album *The Young Machines* di una band indie americana di cui non sapevo quasi nulla, chiamata Her Space Holiday.

Quando un disco mi piace molto ho la tendenza a cercare di recuperare anche il resto della produzione dello stesso artista. Cercando notizie in rete, ho scoperto che degli Her Space Holiday esisteva un album precedente. Quando però l'ho trovato su un sito di vendita on line sono rimasto esterrefatto: il disco aveva il titolo agghiacciante di *Home Is Where You Hang Yourself* (Casa è il posto dove ti impicchi). Non sono stato in grado di completare l'ordine. Mi trovavo nella redazione di un programma radiofonico dove lavoravo a quel tempo e ricordo di aver chiuso di fretta il sito, come se fossi capitato accidentalmente su un contenuto osceno.

Sono poi venuto a sapere che dietro il nome Her Space Holiday si nascondeva in realtà un singolo musicista e, inquietante ironia della sorte, un mio quasi omonimo: Marc Bianchi.

Nei giorni seguenti ho cercato di essere razionale, di dirmi che non potevo essere spaventato da un titolo, che non potevo farmi bloccare da quelle parole, sebbene così pericolosamente vicine al mio vissuto. Facendomi forza, sono tornato on line e l'ho comprato. Quando il CD è arrivato, l'ho messo nella mia libreria musicale accanto all'altro del gruppo.

La verità? Non l'ho mai ascoltato. Neanche una volta.

Ci eravamo separati da tre mesi, ma per il dolore questi dettagli burocratici non facevano alcuna differenza.

Cosa importava se fosse appena finita o ancora in corso?

S. era stato il mio quotidiano per oltre sette anni. Così a lungo che mi era impossibile ora pensare che non potessi vederlo, sentirlo, chiamarlo, toccarlo, litigarci, parlare.

Esserci divisi da qualche settimana non cambiava nulla.

Anzi, la morte improvvisa aveva come cancellato i contrasti e i litigi degli ultimi tempi. Agendo come un censore, accurato e subdolo, aveva eliminato i ricordi negativi e conservato solo quelli legati alla felicità. Mi tornavano in mente di continuo sequenze della nostra vita a due, le cene in balcone, le vacanze, i giri in moto, i traslochi, un montaggio di immagini in continua replica, i "Bellissimi" di Rete 4 nella mia testa, un film con protagonisti noi due felici.

In un certo senso, la sua scomparsa mi aveva fatto innamorare di nuovo di lui.

Un altro simpatico trucco del mio inconscio per rendere il lutto più insopportabile.

I paramedici, dopo aver constatato il decesso, depositano il cadavere sulla barella e lo portano fuori. Mi dicono in quale ospedale lo stanno trasferendo e io annuisco, ma cancello l'informazione immediatamente (dovrò recuperarla in seguito: me lo riferirà il portiere).

Rimango solo nell'appartamento. Solo come non sono mai stato prima. Una forma di abbandono cosmico.

Con quel barlume di razionalità che mi rimane, chiamo la sorella di S. e la informo. «L'ha fatto veramente» dico.

Lascio che assorba l'informazione, che passi dallo sbigottimento alle lacrime. Non riesco a stare molto in linea. La prego che sia lei a informare il resto della famiglia e riattacco.

Poi chiamo i miei genitori.

Non so che parole uso, come racconto questa forma di indicibile. Chiedo che mi vengano a prendere.

A quel punto basta, non posso fare altro.

Mi posiziono in un angolo della camera da letto, quasi volessi nascondermi, accucciato a terra, le braccia che avvolgono le gambe piegate, la testa sulle ginocchia, e aspetto.

Torno bambino.

Mamma, papà, venitemi a prendere.

Accuditemi.

Regredisco al me stesso infantile che aveva paura del buio, e neppure poteva immaginare quanto il buio vero fosse spaventoso.

Ho paura. Venitemi a prendere. Ditemi che è solo un brutto sogno.

Che passa tutto.

Penso che potrei balbettare.

Una mia amica insiste che io incontri questa sensitiva. Non ho mai creduto a cose del genere, ma del resto non avevo mai immaginato che nella vita si potesse stare male quanto sto male adesso. Il dolore mi ha reso open-minded. Sono disposto a credere ai maghi, agli angeli, alla vita dopo la morte, agli alieni, alla misericordia divina, al futuro, alla luce alla fine del tunnel, a qualsiasi cosa che possa darmi un vago sollievo. Una fiammella nel buio, una qualsiasi.

La mia amica giura che si tratta di una sensitiva diversa da tutte le altre. Che è "potentissima".

Va bene. Andiamo.

L'appuntamento è alle due e mezza del pomeriggio. La mia amica sceglie di accompagnarmi.

Un palazzo anni '50 in una zona semicentrale. L'ascensore è di quelli con le porte a vetri in legno, il seggiolino all'interno. L'usura del velluto di cose che hanno visto tempi migliori.

All'interno dell'appartamento la mia accompagnatrice si muove con la sicurezza del cliente abituale. Attraversa il corridoio, si accomoda su un divanetto di una piccola sala e mi fa cenno di sedermi al suo fianco.

«Chiama lei» mi istruisce.

E così avviene. Dopo pochi attimi una voce proveniente da una porta socchiusa di fronte a noi dice: «Prego!».

Con un tocco di gomito la mia amica mi spinge ad alzarmi.

Vado.

La stanza è in penombra. A una scrivania siede questa signora dall'aria placida. Capelli bianchi vaporosi, sorriso da nonna. Un'immagine che non si sposa affatto al concetto di "potentissima" con cui mi è stata venduta.

Non so se esserne deluso o rassicurato. Sospendo il giudizio, come ormai faccio da settimane, su tutto.

Mi siedo davanti a lei.

Senza preamboli, mi chiede perché sono lì.

Io glielo dico. La storia, per intero. Director's cut.

Mentre parlo, la donna tiene un pendolino in mano, puntato sul centro della tavola, e lo lascia ondeggiare leggermente.

«Vuoi sapere se lui sta bene? Se ha trovato la luce?»

«Sì.»

Lasciandomi esterrefatto, lei abbandona di colpo la presa. Il pendolino cade sul tavolo, portandosi dietro la lunga catenella.

«Se è solo per questo, abbiamo già finito» dice. «Da quando sei entrato ho sentito immediatamente che l'uomo di cui parli è nella luce. L'ho percepito in modo chiarissimo.»

Sento un calore improvviso espandersi nel petto. S. sta bene, mi dico. È a posto.

«Sta bene? È sicura?» chiedo.

«È felice, ha trovato la sua serenità adesso» dichiara. «Era solo questo che volevi sapere?»

«Sì» confermo.

«Allora sei a posto.»

La sbrigatività della sensitiva in qualche modo mi appare indice di onestà. Se fosse una ciarlatana la tirerebbe in lungo, farebbe della scena. Invece non sembra preoccuparsi affatto dell'impressione che i suoi modi possono suscitare. È franca, diretta, va al punto perché non vede motivo di girarci intorno.

«Se vuoi darmi qualcosa lascia pure lì» indica un cestino sul lato destro del tavolo. «Non è obbligatorio» specifica.

Mi alzo. La mia amica mi ha istruito di darle almeno cinquantamila lire. Infilo la mano in tasca ed estraggo la banconota da cinquanta. La deposito nel cestino. Lei sta guardando altrove. Avrei potuto lasciarne anche solo cinque o cinquecento, sarebbe stato lo stesso.

Saluto ed esco.

L'orologio del salottino mi informa che la seduta è durata dieci minuti.

Il senso di sollievo, enorme, che ho provato nel momento in cui mi ha detto che S. è nella luce si sta già affievolendo. Certamente è molto meno potente di pochi secondi fa.

La mia amica mi chiede com'è andata.

Cerco di essere sorridente: «Ha detto che S. è felice. Che è nella luce ora».

Lei mi abbraccia. «Te l'avevo detto che è bravissima.»

Bravissima lo è stata. Bravissima a dirmi l'unica cosa che avrei voluto sentirmi dire, con una sicurezza magistrale. Bravissima nell'esecuzione.

Sento ogni fibra del mio corpo desiderare che questa donna abbia ragione. Che il sollievo effimero possa diventare definitivo. Che le sue parole siano il balsamo miracoloso in grado di salvarmi. Ma so già che non sarà così.

Usciamo. Riprendiamo l'ascensore vintage e torniamo in strada. Saluto la mia amica con un altro abbraccio e mi allontano.

S. è nella luce, forse.

Io capisco che rimarrò sprofondato nel buio.

Ricordo di aver visto in un festival di cinema questo cortometraggio in cui una giovane donna seguiva uno sconosciuto in giro per la città. Lo attendeva fuori dall'ufficio, lo pedinava mentre entrava in un bar per un caffè, si sedeva dietro di lui sull'autobus. Era discreta, costante. Non faceva alcun tentativo di parlare con quest'uomo, che evidentemente non la conosceva e ignorava la sua presenza. Solo verso la fine del breve film al pubblico veniva svelato il motivo che li legava: all'uomo era stato trapiantato il cuore del marito della ragazza, morto in un incidente d'auto. Lei inseguiva lo sconosciuto perché lui portava dentro di sé, pulsante, l'essenza del suo amore scomparso.

All'epoca mi era parso un corto poetico ma fasullo, una metafora forzata dell'amore che sopravvive alla morte.

Ero un ingenuo, della vita e del dolore non sapevo ancora nulla.

Se dopo la sua morte avessi avuto il cuore di S. da seguire in uno sconosciuto, avrei passato i giorni ad accompagnarlo ovunque.

Io e S. eravamo una strana coppia agli occhi altrui.

Stare con una persona molto lontana da te crea più difficoltà all'esterno della coppia che all'interno. Devi costantemente mediare con quelle differenze che gli altri notano e che per te sono appianate dalla convivenza quotidiana.

Frequentando i nostri reciproci ambienti eravamo pesci fuor d'acqua a turno: lui c'entrava poco col mio, io quasi nulla col suo.

Ne parlavamo poco fra noi. Sapevamo che le cose stavano in questi termini e le affrontavamo. Era parte del fascino dello stare insieme. La sfida, doppia, alle convenzioni.

Eravamo una coppia mista, della stessa etnia e dello stesso sesso.

S. aveva modi bruschi e diretti, che per lui erano lo standard ma che le persone che frequentavo spesso percepivano come inadatti, se non del tutto inopportuni.

Una volta eravamo andati insieme a Linate a prendere il mio amico Gianmarco che viveva all'estero e che non vedevo da mesi. Era la prima volta che incontrava S., del quale aveva solo sentito parlare via lettera. In macchina noi due ci siamo messi a discorrere fitto, quasi avessimo l'ansia di recuperare in pochi minuti il lungo intervallo che ci aveva separato. S. guidava, curandosi della strada e non delle nostre chiacchiere. A un certo punto, senza preamboli, aveva parcheggiato davanti a un bar e aveva annunciato: «Ho voglia di una birra, voi?». Impreparati, abbiamo entrambi scosso la testa. «Va be', dieci minuti» ha detto ed è sceso. Ero abituato a questo atteggiamento senza mediazioni, quindi non ci ho neppure fatto caso. Gianmarco invece, che veniva da Parigi dove frequentava un milieu di stilisti e designer, probabilmente più avvezzo alle feste in discoteca con champagne e cocaina che alle birrerie di periferia al pomeriggio, mi ha fissato con sguardo preoccupato. «Ha sempre questi modi da prevaricatore?» ha chiesto. «Guarda che se è un tipo violento devi dirmelo. Ti picchia?»

Io sono scoppiato a ridere. Nell'intimità S. era una persona affettuosa e molto pacata. La sola idea che potesse essere manesco mi appariva insensata, comica, ma agli occhi degli altri la sua ruvidezza poteva essere scambiata per qualcosa di più minaccioso, dovevo prenderne atto.

C'erano anche gli esempi di natura opposta, naturalmente. Durante un weekend a Roma eravamo stati invitati, insieme a un'altra mezza dozzina di persone, a cena da un mio amico, scrittore affermato, finalista allo Strega, un nome in voga tanto nei salotti culturali che in quelli politici. Si era da poco trasferito a Monti e ha voluto farci fare una visita guidata del nuovo appartamento, attraversando stanze dagli alti soffitti affrescati con librerie che occupavano intere pareti e quadri di pittori contemporanei nei corridoi. Nel corso del tour S. si è acceso una sigaretta, senza chiedergli il permesso. Lui l'ha fulminato con lo sguardo e gli ha intimato di fumarla su un balcone. Per prossimità sentimentale il suo biasimo sembrava riguardare anche me, sebbene io abbia finto di non coglierlo, mostrandomi indifferente al pallido incidente diplomatico. Ho lasciato che S. terminasse la sua sigaretta da solo affacciato sul panorama delle terrazze romane.

Pochi minuti più tardi, nel corso dell'aperitivo, il nostro ospite si scusava per l'assenza di acqua calda in casa, spiegandoci che la caldaia era guasta e il tecnico che aveva promesso di passare a ripararla aveva spostato l'appuntamento al mattino seguente. Mentre noi sorseggiavamo i nostri drink, S. si è alzato dalla sua poltrona e gli ha chiesto di mostrargli dove fosse collocato l'impianto. Lui l'ha condotto in cucina. Ho sentito S. domandargli: «Hai mica un cacciavite?».

Un quarto d'ora dopo la caldaia era di nuovo funzionante e il celebre scrittore guardava il mio compagno con l'ammirazione che si riserva ai genî incompresi.

Adesso mi godevo il plauso che la prossimità sentimentale mi aveva fruttato. S. invece era tornato a bere il suo cocktail, indifferente all'elogio come lo era stato al rimprovero precedente.

Le convenzioni sociali non sono mai state una sua priorità.

Ho dovuto svuotare i suoi armadi. Dare via la sua roba. Non ricordo che cosa ne ho fatto, se l'ho consegnata a qualcuno della famiglia, se l'ho data in beneficenza. È un altro di quei buchi di memoria di cui questa storia è piena. A chi sono andati i suoi vestiti? Non lo so. I cappellini, le cinture, le magliette? A chi i suoi CD? E la sua macchina, qualcuno è venuto a ritirarla, a portarsela via? Non lo so, fa parte di quell'ampia fetta di memoria di quel periodo che la mia mente ha deciso di cancellare.

Delle sue cose ho tenuto un tagliacapelli, perché lo usavamo entrambi e sapevo che avrei continuato a usarlo. Mi sono interrogato se conservarlo o meno. Non era un apparecchio comune, di quelli che si comprano in un negozio di elettrodomestici, era uno strumento professionale che lui aveva ordinato in un centro di forniture per parrucchieri. Un modello da barbiere, con le lame intercambiabili di diverse lunghezze. L'aveva preso perché si teneva i capelli quasi sempre rasati e sosteneva non avesse senso pagare un parrucchiere ogni volta per un taglio così radicale, tanto valeva che se lo facesse da solo. Col tempo mi sono convertito anch'io a quel taglio militaresco. Lui usava la lama più corta, la 0,01, io una dimensione intermedia, la 0,03, che mi lasciava i capelli cortissimi ma non la nuca nuda come la sua.

Fosse stato un modello comune sono certo che l'avrei dato

via, insieme al resto delle cose, ma non avevo idea di dove andare a procurarmi un tagliacapelli professionale come quello, così l'ho conservato.

Dei suoi vestiti ho tenuto solo un golf e un paio di jeans.

Il golf perché aveva addosso il suo profumo. Me ne ero accorto spostandolo. Una traccia sensoriale di lui, imprigionata nelle fibre. Per giorni sono andato avanti ad annusarlo. Di sera, prima di dormire. Di giorno, quando il dolore si faceva lancinante. Un singolo gesto per combattere la follia che mi attanagliava. Aprivo l'armadio, allungavo le braccia verso il maglione, che era appoggiato su uno scaffale ad altezza occhi. Lo prendevo così com'era, piegato, e lo portavo verso di me, poi ci appoggiavo la faccia sopra e inspiravo. Per un attimo S. era ancora lì con me. Lo sentivo. Non mi crogiolavo troppo nel gesto. Quel profumo era una sorta di tesoro che andava centellinato, preservato. Riponevo il golf al suo posto, chiudevo l'armadio e stavo attento a non riaprirlo spesso.

Poi, col passare dei giorni, si è fatto sempre più tenue, sino a scomparire del tutto.

Sapevo che sarebbe successo, era inevitabile.

Era un'eco che si andava smorzando, una delle miriadi di tracce che aveva lasciato nella mia vita e che ora si stava portando via con sé.

La separazione era interminabile, infinite sfumature di addio.

I jeans non so bene perché li avessi tenuti. Perché lo caratterizzavano, immagino. Indossava solo jeans, non comprava altro tipo di pantaloni. Se gli chiedevi perché, ti rispondeva che era un tipo da jeans, punto.

Anni più tardi, durante un trasloco, qualcuno li ha spostati e messi in uno scatolone insieme ad altra roba. Aprendo la scatola mi sono reso conto di non riconoscerli più. Era un modello diffuso, io stesso ne avevo di simili. Quali erano i suoi? Quali i miei?

Da adolescente, il primo romanzo che ho letto che parlava di omosessualità aveva una scena nella quale due ragazzi, dopo aver fatto l'amore per la prima volta, non erano più in grado di riconoscere a chi appartenessero gli slip bianchi che indossavano entrambi e che giacevano ai piedi del letto. Quell'incertezza raccontava quanto le loro identità si fossero già fuse.

Nel mio caso, il tempo ha cancellato il valore simbolico di quel feticcio, ha fatto evaporare il ricordo come il profumo.

Siamo stati una cosa sola per sette anni.

Distinguere fra i miei e i suoi vecchi jeans ora aveva perso di senso.

Sua sorella ha chiesto a me una foto di S. da mettere sulla tomba.

Io ero l'unico in possesso di sue fotografie recenti.

Ne ho scelta una nella quale sfoderava il suo sorriso migliore.

Indossa il giubbotto di pelle da motociclista, ha i capelli rasati, il pizzetto brizzolato e sta sorridendo felice all'obiettivo. A me.

Non so che viaggio fosse. Ricordo di averla scattata appena arrivati, S. aveva parcheggiato la moto e si era voltato. Non si aspettava che lo stessi fotografando. Quando ha visto l'obiettivo puntato su di lui ha sorriso, per la sorpresa più che altro.

So che era felice. Lo era sempre nei viaggi in moto.

Elena ha concordato con me che era la foto più bella, la più adatta. Che in quella foto "era lui".

L'ha portata lei all'impresario delle pompe funebri per la riproduzione in ceramica da applicare sulla tomba. Di tutti gli aspetti relativi al funerale si era occupata la famiglia.

La prima volta che sono andato al cimitero ho avuto uno shock. Nella foto S. non aveva più il pizzetto, ma dei baffi neri, scuri. S. detestava i baffi.

Ho subito chiamato Elena. «Si sono sbagliati nel ritoccare la foto» ha detto, «ma era troppo tardi per rifarla.»

L'immagine di S., quella con cui da ora in poi sarebbe stato visto e ricordato, non lo rappresenta, non ha alcuna relazione con la realtà.

Non ha mai portato i baffi, ora li sfoggia sorridente per l'eternità.

Quella sera, dopo che ho scoperto il cadavere, dopo che il mio cervello ha registrato cosa stava accadendo e ha cercato di renderlo un concetto assimilabile perché potessi comprenderlo e reagire, dopo che ho provato a urlare senza che mi uscisse la voce, dopo che mi sono aggirato nella stanza come un automa impazzito, incapace di fare alcunché se non girare su me stesso in cerca di una via d'uscita, di una spiegazione, di un interruttore per cancellare l'incubo che mi trovavo di fronte, esco sul ballatoio e comincio a gridare verso il cortile, verso la tromba delle scale.

Aiuto.

Aiuto.

Aiuto.

Non so a chi mi sto rivolgendo, a chi sto chiedendo soccorso. Al mondo.

Dopo qualche minuto arriva qualcuno. Tre uomini. Gente del palazzo, che non conosco di persona ma che capisco essere volti incrociati sulle scale e nell'androne.

Faccio un gesto per indicare l'interno dell'appartamento. Entrano, li seguo.

Vedo lo sbigottimento sui loro volti, l'orrore. Poi la loro lucidità prende il sopravvento. In due sorreggono il corpo di S., mentre il terzo si guarda intorno nella cucina fino a individuare il portaposate metallico sopra il lavello. Afferra un coltello e torna dagli altri, per recidere la corda. Sembra quasi che sappiano cosa fare, come se sia già accaduto altre volte, come se nel DNA di ciascuno siano incise le istruzioni per reagire a una situazione simile.

Depongono il cadavere a terra, senza dire nulla.

Mi guardano con lo sguardo di chi non può fare nient'altro (e non possono fare nient'altro), quindi escono.

La porta rimane aperta.

Percepisco sagome e voci lì fuori. Altri vicini, gente attirata dalle urla, che vuole sapere, capire. Li sento confabulare, a voce bassa. Nessun altro si affaccia, rimaniamo soli io e il corpo di S., finché arrivano i paramedici.

Nei mesi successivi mi è capitato di incontrare di nuovo quei tre uomini. Davanti al portone di casa, sulle scale con le mogli, in cortile che riponevano la bicicletta dei bambini nella rastrelliera, in portineria mentre ritiravano la posta. Ci scambiavamo degli sguardi, sempre senza parole.

Mi chiedevo anche cosa avrei potuto dire loro. Ringraziarli mi appariva grottesco. Si ringrazia per una cosa del genere? No. Non ci sono formule adatte, non esistono convenzioni in merito.

Una sola volta uno di loro ha scelto di parlare. Ero in ascensore, lui ha fermato le porte prima che si chiudessero ed è entrato con i suoi due bambini. Solo dopo si è accorto che ero io. Forse avrebbe atteso il successivo se lo avesse saputo.

In mano uno dei figli aveva un DVD di una catena di noleggio. Lui ha colto che stavo osservando la confezione blu e gialla.

«Abbiamo preso un film da ridere» ha detto. «Per tirarci un po' su il morale.»

«Avete fatto bene» ho risposto.

Ci siamo scambiati un debole sorriso, fingendo con tutta la convinzione possibile di essere vicini di casa qualsiasi.

L'aver condiviso il momento più tragico della mia intera vita con questi tre sconosciuti è completamente assurdo, ma indelebile (per me, per loro). In qualche modo ci unirà per sempre, anche se non abbiamo saputo come dircelo a parole.

"A volte la tenerezza che ti viene offerta sembra solo la conferma che sei stato rovinato."

Ocean Vuong, *Brevemente risplendiamo sulla terra*

La mia ricerca di panacee mi porta a prendere appuntamento con una pranoterapeuta di Roma. Me ne hanno parlato alcuni amici. Dicono che fa dei trattamenti che non si possono spiegare. Che sì, ti massaggia, ma intanto ti trasmette la sua energia, che riesce a capire cosa ti sta accadendo nel profondo ed è in grado di aiutarti. Di darti risposte.

Un amico di mia sorella, un professore universitario che è suo cliente da anni, si impegna personalmente a farmi da tramite, a trovarmi un posto nella sua fittissima agenda.

Il giorno del nostro appuntamento mi sveglio con la febbre. Non sono in grado di alzarmi dal letto, figuriamoci prendere un treno e farmi quattro ore e mezzo di trasferta. Chiamo la signora sul cellulare e le spiego la situazione. Sono mortificato perché so che mi stava facendo un favore accordandomi un incontro in tempi così brevi. Lei al telefono appare tranquilla, mi fissa un nuovo appuntamento per la settimana successiva. La ringrazio con profusione di scuse, come se fossi in linea con Navarro-Valls per un incontro col papa. Sono alterato. Dalla febbre, dalla mia condizione di prostrazione interna prolungata.

La settimana successiva ci vado.

Lo studio sembra quello di un medico. Nella sala d'attesa dove mi accomodo ci sono alcune seggiole e un tavolinetto basso con riviste e rotocalchi. Alle pareti poster con ciliegi in fiore, cascate e scenari alpini. Rappresentazioni standard di serenità bucolica.

Quando si apre la porta del suo studio scopro che la donna è bassa di statura, capelli neri di media lunghezza e paffutella in volto. Un fisico da locandiera, da pasticciera. Un'immagine carnale, più che spirituale.

L'energia compie scelte curiose per incanalarsi nel mondo materiale.

Mi dice di togliermi le scarpe e il maglione.

Mi fa sdraiare sul lettino, prono.

Comincia a massaggiarmi, delicatamente, partendo dalle gambe. Intanto mi chiede perché sono lì. Qual è la mia vicenda, il mio malessere.

Racconto la storia per la milionesima volta, una recita inceppata nel disperato tentativo di trovare sollievo. Ovunque, come capita, con chi capita.

Non so nemmeno bene cosa sia la pranoterapia. Non so come funziona. Non so se ci credo. Non sono in grado di recepire queste informazioni, di analizzarle secondo criteri intellettuali o fedi metafisiche. In questi mesi la mia capacità di analisi è sospesa. Niente ha senso, tutto ha senso. Fate di me ciò che volete.

Lei continua a massaggiarmi.

Mi chiedo quando avverrà il contatto fra noi. Quando le sue mani cominceranno a trasmettermi quel calore, quell'energia salvifica di cui hanno tessuto le lodi i miei amici.

Io sento freddo. Freddo ovunque. Nelle sue mani, nel mio cuore rattrappito.

Per un po' la lascio fare. Poi la interrogo: «Sente qualcosa?».

Non so bene cosa intendo, non so se esista una risposta a questa domanda.

Lei dice: «Stai soffrendo moltissimo. È molto difficile entrare in contatto con te».

Lo so. Grazie. Lo so da me.

La seduta prosegue per un tempo indefinito, ma è evidente che non sta funzionando come dovrebbe.

Dalle sue mani non sento irradiare alcuna energia.

Lei sta manipolando un manichino disarticolato. I miei muscoli sono rilassati, il mio spirito è un blocco di ghiaccio.

Mentre mi rivesto dice: «Mi spiace».

È consapevole del proprio fallimento.

Io sono meno scosso di lei. So che non può salvarmi nessuno. Lei ci ha provato, ma il mostro che mi divora non si può affrontare a mani nude.

C'è una cosa che devo fare nei giorni successivi al funerale ed è parlare con suo figlio. È ancora un ragazzino e l'impatto che deve aver avuto questa vicenda su di lui sarà stato devastante.

Lo chiamo una sera e gli chiedo se posso passare a trovarlo.

Lui risponde di sì, con l'imbarazzo di chi non capisce gli adulti e le loro assurde richieste.

Ci accordiamo per il sabato pomeriggio.

A casa mi accoglie sua madre, la ex moglie di S. Oggi mi appare tranquilla e affabile. Mi offre un caffè, che rifiuto perché ho lo stomaco chiuso per la tensione e tutto il resto, quindi prendo un più innocuo bicchiere d'acqua mentre lei va a chiamare il figlio.

Davide è chiuso nella sua stanza con le cuffie in testa, come il copione adolescenziale prevede. Arriva al tavolo della cucina dove sono seduto con un fare fragile e titubante.

«Ti va se andiamo a fare un giro?» propongo.

Lui guarda sua madre. «Vieni anche tu?» Più che una domanda sembra un'implorazione. Ma Angela capisce.

«No, è meglio se parlate voi due da soli.»

Saliamo in macchina e metto in moto. Scelgo di dirigermi verso la periferia del paese, dove ci sono industrie, capannoni. Arrivo nel parcheggio vuoto di una ditta. È chiusa, l'intero parcheggio è solo per noi. Spengo il motore.

Una leggera nebbia ci circonda. La desolazione del posto, il freddo di dicembre completano il quadro.

Non potremmo essere più miseri di così.

Tocca a me parlare.

«Lo sai perché ho voluto vederti?»

Davide scuote le spalle.

«Perché ti dispiace che mio papà è morto» dice, ma lo dice col tono di chi non lo pensa, di chi ha tirato a indovinare la prima risposta a caso.

Mi sembra più bambino del solito oggi.

È in quell'età-limbo in cui non si è niente. Le ossa gracili, i primi segni di peluria sul labbro superiore, il corpo allungato. Non più un bambino, non ancora un ragazzo. Un essere in transito.

Mi viene in mente un pomeriggio dell'estate precedente. Era venuto a trovare S. e siamo andati in una piscina comunale, tutti e tre. C'era un'edicola accanto all'ingresso. S. gli aveva chiesto se volesse qualcosa da leggere. Davide ha osservato un po' i giornali esposti, poi ha scelto una busta con un pupazzetto. Un prodotto chiaramente destinato a bambini più piccoli della sua età. S. si è meravigliato, ma non ha detto nulla. Ha preso anche una rivista per sé e ha pagato. Entrando in piscina era chiaro che Davide si vergognasse del suo acquisto, ma non era stato in grado di trattenersi. Un rigurgito di infanzia, ancora legittimo in questa frase transitoria.

Non so perché me ne sia ricordato adesso. Forse perché in questi giorni di strazio avrà solo bisogno di essere consolato, abbracciato. È tornato più che mai un cucciolo in cerca di protezione.

Non sarà facile quello che sto per fare.

«Volevo parlare con te di quello che è successo» dico. «Sapere cosa ne pensi tu.»

«Non penso niente» risponde subito lui, sulla difensiva.

«Lo sai che tuo padre ti voleva bene, vero?»

Vedo i suoi muscoli del viso irrigidirsi, l'espressione farsi più dura. Il fuoco che cova sotto la cenere.

«Lo sai questo, vero?» insisto.

A quel punto lui sbotta: «Se è vero perché l'ha fatto, eh? Perché non ha pensato a me?».

«Non ha mai smesso di pensare a te.»

«Non è vero, è stato un vigliacco.»

«Al contrario. Quante volte ti telefonava, di solito?»

«Tutte le sere.»

«E nei dieci giorni prima che si uccidesse quante volte ti ha chiamato?»

«Mai.»

«Hai capito perché?»

Davide tace.

«Perché non ce la faceva. Con tutti poteva fingere, con te no. Non riusciva a sentire la tua voce e fare finta di niente. Tu eri troppo importante.»

Fuori comincia a farsi buio. I contorni dell'esterno sfumano nella nebbia, sembra che nell'universo non esista nient'altro che questo microscopico spazio, un abitacolo caldo con noi due dentro. La mia voce e il respiro del ragazzo.

«Nei momenti in cui eravamo più felici mi diceva sempre la stessa frase: "Sei la seconda cosa più bella della mia vita". Sai qual era la prima?»

Davide mi guarda, riconoscendo il senso retorico della domanda.

«Eri tu. Diceva anche: "Ho fatto molti sbagli nella vita, ma almeno una cosa giusta l'ho fatta".»

Il silenzio di Davide è un'autorizzazione implicita a continuare.

«Non potremo mai sapere quanto profondo fosse il dolore che aveva dentro e che l'ha spinto a uccidersi. Ma una cosa è certa: se in quei giorni ha smesso di chiamarti era proprio per questo. Aveva deciso di farla finita e tu eri l'unica cosa che lo legava ancora alla vita.»

Davide comincia a piangere. Due grossi lacrimoni che gli scendono sulle guance, che non riesce né vuole trattenere.

Io distolgo lo sguardo, spostandolo verso il nulla che abbiamo di fronte. Rispetto la sua commozione e gli faccio capire che può sfogarsi.

Per un paio di minuti restiamo così, sospesi in questo silenzio emozionante.

Poi è lui a riprendere la parola. «Grazie. Ho capito adesso perché volevi vedermi» dice. Tira su col naso, poi aggiunge: «In questi giorni ho continuato a pensare che se mio papà ha fatto quello che ha fatto non gli importava di me. Invece mi hai fatto capire che mi voleva bene davvero».

Stavolta sono io a emozionarmi. È molto di più di quanto mi sarei aspettato da un ragazzino.

In questa landa di dolore assurdo che mi circonda, dove niente sembra avere senso, sono riuscito comunque a fare una cosa buona: ho restituito un padre a un figlio.

Per una volta, riesco a essere orgoglioso di me.

Il dolore mi coglie all'improvviso, mi tende agguati. Mi capita ormai di frequente di venirne assalito in luoghi inopportuni, in momenti casuali, con una rapidità brutale e inarginabile.

Una scena tipica: sono in agenzia, sulla rampa delle scale che conduce da un piano all'altro, reduce da una riunione. Sui gradini vengo colto da una fitta di consapevolezza: mi torna di nuovo in mente quel pensiero invasivo e cannibale che cercavo di tenere a bada con gli impegni lavorativi, con gli orari d'ufficio, con le incombenze quotidiane, con le regole di una società produttiva.

È difficile spiegarne il meccanismo: è come se la mente accantonasse un concetto, smettesse di occuparsene per un po', ma poi, quasi reclamando con virulenza il posto che le spetta, quell'idea torna al centro dei pensieri, cancella il resto, si piazza inesorabile davanti a tutto. Avviene molto rapidamente, come uno schiaffo.

Rimango sulle scale boccheggiante. Le lacrime salgono agli occhi, diventano un fiume, comincio a singhiozzare, non mi reggo in piedi, mi accascio sui gradini, non riesco a controllarmi, mi abbandono al pianto a dirotto, al lamento che è un guaito.

La sorte potrebbe essere clemente con me. Per alcuni minuti le scale potrebbero restare deserte. Non è così frequente la necessità di spostarsi da un piano all'altro. Ci sono anche gli ascensori. Una parentesi di solitudine, una vergogna risparmiata, non sarebbe male.

Invece.

Sento dei passi che si avvicinano, ma non sono in grado di reagire: smettere di piangere, alzarmi, scappare via. Non possiedo questa facoltà, non più in momenti del genere. Rimango lì, sia quel che sia.

La mia agenzia è di proprietà di tre soci. Due creativi e un amministrativo. Con Numero Uno e Numero Due, i creativi, ho rapporti quotidiani, un'intimità dettata dalla frequentazione professionale continua. Numero Tre lo vedo passare ogni tanto, non ci ho quasi mai parlato, non so neppure se conosca il mio nome.

Ed è Numero Tre che mi incrocia sulle scale.

La scena è questa: io accartocciato che singhiozzo, lui che sta salendo velocemente, un documento in mano, un atteggiamento che tradisce urgenza.

Mi vede e si blocca: come ci si comporta in una situazione simile?

Cosa fa un uomo davanti a un altro uomo che si dispera?

Un capo con un suo dipendente?

Esistono regole per circostanze del genere?

Ci scambiamo una semplice occhiata. Non so come, ma il messaggio passa.

Numero Tre non dice nulla, non fa nulla. Riprende a camminare, mi passa accanto, mi supera.

Io resto immerso nel mio pianto, immensamente grato di essere stato ignorato.

Cinque mesi più tardi.

Siamo in primavera. In agenzia organizzano una festicciola. Un brindisi per un'importante gara vinta, cliente internazionale, budget notevole rispetto agli standard italiani, i soci mostrano una soddisfazione palpabile.

Ormai me la cavo molto meglio, in pubblico. Ho imparato a gestire privatamente la prostrazione, a evitare di scoppiare a piangere all'improvviso davanti ad amici e sconosciuti, a essere socievole quando devo.

Come adesso.

Sono circondato da colleghi con un bicchiere di spumante in mano. Ridono, bevono. Anch'io bevo. Sorrido.

C'è stato un discorsetto iniziale di Numero Uno, ha fatto i complimenti a tutta l'agenzia, poi in alto i calici. Mezzoretta di chiacchiericcio alcolico prima di andarsene tutti a casa.

In quel momento di serenità diffusa, di allegria aziendale, succede una cosa assurda. Numero Tre attraversa la sala, viene da me e, davanti a tutti, mi abbraccia. È un abbraccio reale, non una stretta di cortesia. Un abbraccio di affetto, come quello che potrebbero trasmettersi due amici che non si vedono da tanto tempo, due fratelli ritrovati. Un abbraccio che lascia gli astanti meravigliati.

Numero Tre è il socio più riservato, più distante, quello che noi creativi conosciamo meno. Che mostri confidenza con qualcuno di noi è raro. Che lo abbracci è inaudito.

Stiamo dando spettacolo.

Da tempo ormai sono immune alla mia esposizione pubblica, alla curiosità che il mio dolore desta. E però non posso negare di essere sbalordito.

Stringendomi, Numero Tre dice: «Sono felice di vedere che stai un po' meglio».

Non ha bisogno di aggiungere altro. Capisco.

Questo non è un abbraccio aziendale. Non c'entra coi festeggiamenti fra colleghi, con le congratulazioni. Questo è quell'abbraccio imploso, quella reazione che aveva trattenuto quel giorno incrociandomi sulle scale. È un gesto che ha atteso mesi prima di venire alla luce, di diventare concreto.

L'umana compassione a volte ha dei tempi da rispettare. Lui li ha rispettati.

(Scoprirò in seguito che un collega ambizioso, scambiando quell'abbraccio per una plateale manifestazione di apprezzamento professionale, temendo chissà quale mia promozione, quale scatto di carriera, andrà a dirgli che sto facendo colloqui in giro per lasciare l'agenzia. Una pura menzogna. Un tentativo di screditarmi. Una meschineria gratuita alla quale reagisco appena. Quando lo vengo a sapere vado diretto nell'ufficio di Numero Tre e gli dico che la diceria è del tutto infondata. Che non sto cercando alcun trasferimento. Che in questo momento della mia vita è persino assurdo pensare che io abbia lo spazio mentale per fare nuove ipotesi professionali. Mi ringrazia della spiegazione, confessa che anche a lui la notizia era parsa improbabile. Al collega malalingua invece non rinfaccio nulla. Non sono in grado di affrontare uno scontro. Litigare per questioni lavorative mi pare completamente privo di senso. Le mie energie sono impegnate tutte altrove: nella sopravvivenza.)

Cerco di ricordarmi come sia stata la prima notte da solo di nuovo in quella casa.

Nei giorni successivi al decesso ero andato a stare a casa dei miei. Ci sono rimasto una settimana, o qualcosa del genere. Dopo il funerale sono tornato al lavoro e un paio di giorni più tardi sono rientrato nell'appartamento. Da solo, per scelta.

Ma come è stata quella prima notte? Ho dormito? Sono rimasto a osservare il buio con gli occhi spalancati e l'ansia nel petto? Ho pianto, ho urlato? Ero rassegnato, tranquillo?

Giuro che non me lo ricordo. Ho cancellato anche questo.

È strano come agisca la nostra memoria dopo uno shock: certe immagini restano indelebili, altre sono spazzate via, e all'apparenza senza criterio. Un puzzle nel quale le figure hanno i colori vividissimi ma intere aree restano mancanti.

Rievocare quel periodo è come scavare nel terreno alla ricerca di una civiltà sepolta: molto è andato perduto.

In questo arazzo strappato, fatto di oblii e di nitide memorie senza ordine o connessione, dove il disegno finale non sarà mai completo, ho due ricordi netti del giorno della tragedia.

Il primo: che mentre urlavo sulle scale "Aiuto", sono stato attraversato da un pensiero preciso. Questo è il momento più doloroso della tua vita, mi sono detto. Un lampo di lucidità: per quanto possa accadere, non ci sarà mai niente di paragonabile a ciò.

(Assurdo come la nostra mente possa infilare un ragionamento di tale acuta consapevolezza in un momento in cui la nostra coscienza è esplosa, inagibile.)

Il secondo: quando gli uomini che hanno deposto a terra S. sono usciti, lasciandomi solo col cadavere, mi sono inginocchiato e l'ho toccato. Gli ho accarezzato il viso. Era freddo. O forse no, non era una sensazione termica: ho percepito che fosse senza vita.

S. non c'è più, ho pensato. S. non è più in questo corpo.

Nei film, nelle serie TV, nei servizi dai territori bombardati al telegiornale, si vedono di continuo scene di parenti affranti che non riescono a staccarsi dal corpo dell'amato. Lo toccano, lo stringono, lo baciano sulla fronte, sulle labbra un'ultima volta. Vogliono prolungare questa vicinanza, l'ultima possibile.

Io non ho provato nulla di tutto ciò. Mi sono alzato e sono

andato nell'altra stanza. Stargli accanto non aveva già più senso.

Questo lo ricordo distintamente.

La certezza di averlo già perduto definitivamente e di avere al suo posto solo i resti.

Un involucro.

S. non era più lì.

("Quando torni io non ci sarò già più.")

Se scrivo questo libro a frammenti è perché dispongo solo di quelli.

Dovrei chiamarli cocci, per tenere fede alla metafora della civiltà sepolta usata poco fa. O reperti.

Cose a pezzi, comunque.

Nello scrivere modifico alcuni particolari. Stabilisco diverse successioni. Sposto cose e persone nel tempo. L'ho fatto anche nei miei libri autobiografici precedenti. Mi interessa la verità, non la corrispondenza esatta col reale. Ho sempre pensato che si tratti di due concetti separati: scrivendo devi fare ordine, devi trasformare la vita in letteratura. Devi renderla sensata per chi ti legge, non riprodurre sequenze illogiche.

Questo non è un diario.

Le cose a volte sono andate esattamente come le ho descritte, a volte le ho variate per dare ascolto allo scrittore che è in me.

Se ho stravolto cronologie, alterato date o nomi, è perché il filtro del narratore è più efficace di quello del mero cronista.

Dovessero chiedermi cosa c'è di vero in questo libro, risponderei, senza esitazione: tutto.

"Le cose che ci succedono sono vere.
Le storie che raccontiamo a riguardo sono scrittura."

Lidia Yuknavitch, *La cronologia dell'acqua*

Il musicista francese Erik Satie iniziava il suo libro di memorie *Quaderni di un mammifero* con questa frase: "Mi chiamo Erik Satie, come tutti".

Io mi chiamo Matteo Bianchi, come molti.

Nel caso di Satie era una surreale iperbole letteraria, nel mio caso una constatazione.

Bianchi è il terzo cognome più diffuso in Italia e, secondo i dati che ho trovato in rete, c'è un Matteo circa ogni settecento abitanti. La combinazione Matteo Bianchi è quindi assai frequente.

Quando ero all'università per due volte mi è capitato di richiedere in segreteria il rinnovo del libretto degli esami e di trovarmi fra le mani quello di un mio omonimo.

Quando ancora si usava portare i rullini fotografici nei laboratori di sviluppo, tornavo a ritirare le mie stampe e mi consegnavano gli scatti delle vacanze di qualcun altro.

Quando hanno tentato di clonarmi la carta di credito, l'operatore telefonico per il blocco delle carte con cui ho parlato si è presentato col mio stesso nome e cognome.

Quando mi sono licenziato dall'agenzia pubblicitaria dove ho lavorato per sette anni, fra i candidati che si sono presentati a fare un colloquio per prendere il mio posto c'era un Matteo Bianchi. Non l'hanno assunto, forse per evitare di creare confusione fra colleghi e clienti, ma il rischio di essere sostituito da qualcuno con lo stesso nome mi era parsa la prova schiacciante del mio destino di anonimo.

Una volta, per pura curiosità, ho provato a fare una ricerca sui Mattei Bianchi. Ho trovato di tutto: un giornalista, un videomaker, un ciclista, un autore di favole per bambini, un farmacista, un cantautore, un sindaco leghista, un medico sportivo, un ricercatore scientifico, un calciatore...

Un esercito di finti me.

Mi sono abituato presto a un nome che, invece di identificarmi, mi rendeva uno fra i tanti. L'anagrafe come condanna all'impersonalità.

Tra i motivi per cui ho deciso di scrivere questo libro c'è anche il mio anonimato, che una volta tanto ha un senso, simbolico e concreto.

Che sia io o non lo sia, non importa. Perché so bene che se hai vissuto la stessa esperienza che ho vissuto io, allora hai provato le stesse cose. Sei Matteo Bianchi quanto me. Può anche cambiare la circostanza, il periodo, l'età, la relazione, il sesso: ma questi, lo sappiamo bene, sono solo dettagli.

Vengo invitato come relatore a un convegno di tre giorni a Torino, un workshop internazionale con decine di partecipanti. Non conosco nessuno di questi colleghi, ma apprezzo la circostanza di un ambiente del tutto nuovo e di gente mai vista.

S. è morto da sei mesi.

Al ristorante dell'albergo dove si svolge il convegno i posti non sono assegnati e alla prima pausa per il pranzo mi ritrovo a dividere il tavolo con un relatore olandese, un afroamericano di Miami, una canadese, un belga, una brasiliana e un altro italiano, di Roma.

L'imbarazzo iniziale dura poco, ci troviamo a discorrere come se ci conoscessimo da mesi, amici di lunga data. La casualità che ci ha riunito allo stesso tavolo si trasforma all'istante in un legame. Finiamo per trascorrere insieme il resto di questi tre giorni. Il convegno, i pranzi, le cene, le serate fuori a bere nei bar della città.

Essere sconosciuto fra sconosciuti è rilassante, l'atmosfera di unità che si è venuta a creare fra noi, destinata a durare una finestra di tempo così limitata, ha qualcosa di magico. Ognuno di noi lo riconosce.

L'ultima notte del convegno faccio un sogno eccezionale.

Sono in un enorme luna-park e mi aggiro incuriosito fra le diverse attrazioni. Giungo a una giostra composta da una ruota orizzontale alla quale sono agganciate una serie di seggioline a due posti. Decido di salire e ne occupo una da solo. La giostra si mette in moto e dapprima gira piano, poi acquista velocità e comincia a piacermi parecchio. Anzi, mi dico che era tanto che non salivo su un'attrazione del genere e che avevo dimenticato quanto potessero essere divertenti. La velocità del carosello si fa vertiginosa, ormai non riesco neppure a intravedere i volti degli occupanti degli altri seggiolini, è tutto troppo frenetico e confuso, ma questa folle velocità invece di preoccuparmi mi fa ridere fino alle lacrime. Poi il mio seggiolino si stacca dal resto della giostra e comincia a schizzare verso il cielo. Non provo alcuna paura, al contrario ne sono estasiato. Sto volando incontro al cielo, il vento nei capelli, la terra che si allontana sotto di me, sto compiendo un viaggio imprevedibile ed è una sensazione stupenda. Con un'improvvisa intuizione razionale mi rendo conto che sono felice, felice come non ero da mesi. Ed è a quel punto che accade: sento la voce di S. al mio fianco, che nell'orecchio mi sussurra: "Questa felicità è il mio regalo. Buon compleanno".

Mi risveglio all'istante.

È la mattina del 18 aprile: me ne ero dimenticato, ma è il mio compleanno.

Questa felicità è il mio regalo.
A oggi è il sogno più bello che abbia mai fatto.

(Malgrado le promesse e i progetti, con i partecipanti del workshop di Torino non ci rivedremo più. Troppo distanti, troppo casuali le circostanze del nostro incontro iniziale.

Mi capiterà di incrociare una volta il ragazzo belga, a un festival, alcuni mesi dopo. Giusto il tempo di un saluto, di un abbraccio, ma sufficiente a capire che quell'alchimia magica era il frutto di una circostanza particolare e ritrovarla, o ricrearla, altrove sarebbe stato impossibile.

Diversi anni più tardi però vengo a scoprire che la donna canadese, la più matura del gruppo, ha abbandonato il campo della comunicazione per dedicarsi alla cucina e ha pubblicato un libro di memorie per un piccolo editore. Riesco a trovare il volume sul sito americano di Amazon e lo ordino. A sorpresa, nel libro rievoca anche la settimana torinese, un chiaro segno che per lei, come per tutti noi, si è trattato di un momento sorprendente e significativo. Il paragrafo occupa poco più di una pagina ed è molto affettuoso. Degli altri parla in maniera realistica, invece descrive me come "un creativo italiano di mezz'età". All'epoca avevo trentatré anni, mi chiedo perché mi tratteggi come un signore di cinquanta, ma poi lo capisco. Quei sei mesi dalla morte di S. erano stati come vent'anni, mi avevano trasformato fisicamente, mi avevano smagrito, imbiancato i capelli e mutato nel carattere. Avevo smesso di essere casinista e ridanciano, ero diventato un uomo riflessivo che ascoltava molto e che preferiva sorridere invece che partecipare alle

146

conversazioni, che si teneva ai margini della vita e la osservava trascorrere. Ero un anziano, la mezz'età era una definizione generosa. Un'estranea d'oltreoceano era così che mi aveva conosciuto e che mi ricordava.)

Ha lasciato diverse lettere. Per il figlio, per l'ex moglie, per la sorella, per me.

A me non ha lasciato solo quella lettera finale, ma anche un quaderno con decine di lettere, scritte nel corso degli ultimi mesi. Un intero libro d'addio.

Lui, che non aveva alcuna dimestichezza con la scrittura, che non leggeva romanzi, che era tutto manualità e nessuna meditazione, per settimane ha scritto le parole che avrebbero accompagnato la nostra separazione.

Ho letto quel quaderno una volta sola, nei giorni seguenti il suicidio, poi l'ho chiuso in un cassetto e mai più toccato, ma è il gesto di cui gli sono più grato, la giustificazione alla mia sopravvivenza. Più volte in quelle pagine ha scritto che la scelta estrema che stava per compiere riguardava lui, l'inquietudine che lo divorava dentro, non la nostra separazione.

Mi assolveva.

Dovrei riprenderlo, rileggere quei suoi lunghi messaggi d'addio, ma non sono sicuro che avrò mai il coraggio di farlo.

Sarebbe come infilare la mano nel fuoco sapendo bene quanto possa bruciare.

Anni dopo la tragedia, una sera d'estate, in vacanza.

Sono con un gruppo di amici, abbiamo affittato una casa di fronte al mare su un'isola delle Eolie.

Stiamo bevendo del vino in terrazza, prima di uscire per cena. Nasce una discussione su una banalità, che si trasforma inaspettatamente in un litigio. Uno del gruppo tira fuori un'aggressività sino a quel momento inespressa, mostrando particolare astio nei miei confronti.

La cosa mi sorprende, siamo amici da tempo, non ha mai dato cenno di insofferenza verso di me prima d'ora, non so cosa gli prenda.

E poi, senza nessuna relazione col tema del contendere, sceglie di rivelare alcune mie cose private di fronte a tutti.

Le debolezze, le meschinità dei giorni post-suicidio. Confidenze che gli avevo fatto nell'abisso in cui mi trovavo. Le declinazioni più intime del mio malessere spiattellate in pubblico per ripicca.

Sa dove va puntata la pistola per ferirmi davvero, glielo avevo rivelato io stesso. Come gode ora a premere quel grilletto.

Non sono tipo da sfuriate. Anche in quella circostanza dico solo due cose.

Prima: Sei un bastardo.

Seconda: Questa non te la perdono.

Sono come nella canzone, se prometto poi mantengo.

Nei mesi seguenti lui cercherà di ricucire in qualche modo. Mi chiamerà. Mi proporrà di rivederci, di giustificarsi.

I miei monosillabi sono tutti no.

Lo faccio sparire per sempre come in un numero di illusionismo.

(Ve l'ho detto che sono diventato invincibile, che ho dei poteri adesso.)

Intorno ai vent'anni avevo avuto una storia durata qualche mese con un mio coetaneo, finita bruscamente quando ho scoperto che lui mi tradiva da settimane con un altro ragazzo. La sera stessa in cui mi è arrivata la soffiata sulla sua infedeltà mi sono presentato nel suo monolocale per affrontarlo. Lui non ha nemmeno tentato di fingersi innocente e ha accettato lo sfogo della mia rabbia con pacata rassegnazione. Da innamorato ferito, ho urlato e versato qualche lacrima, consapevole che quello scontro segnava la fine della nostra relazione. Nella concitazione del momento sono arrivato a togliermi le scarpe e le calze, aggirandomi nella sua stanza a piedi nudi per alcuni minuti, per poi tornare a indossarle. Eravamo in pieno inverno e quel gesto è stato del tutto privo di senso. Me ne sarei probabilmente dimenticato se non che, mesi dopo, passata la bufera e tornati a frequentarci in termini civili, lui non me ne avesse chiesto spiegazione. All'improvviso mi è tornato in mente quell'atto insensato che avevo compiuto in un attimo di disperazione e rimosso subito dopo. Ho capito che si era trattato di una momentanea sospensione della realtà, una punta di piccola, innocente follia sgorgata mentre il mio cuore era a pezzi e la mia mente cercava di farsene una ragione. Un temporaneo black-out di senso, un gesto privo di logica in una circostanza nella quale sentivo a tutti i costi di dover fare qualcosa senza che ci fosse nulla che potessi fare.

La prova che la perdita di ragione è lì, a un passo da noi. Che il turbamento, il panico, il dolore, possono annientare tutto e avere il sopravvento per alcuni attimi.

Ed è spaventoso anche solo riconoscerlo.

A volte ho il terrore che una sofferenza così forte mi conduca alla follia.

Lo temo perché ogni tanto accade, per brevi attimi. Quando me ne rendo conto mi raggelo: se a un certo punto dovessi non accorgermene più?

Una sera in macchina sto tornando a casa dei miei genitori.

Esco dalla città e mi inoltro nelle campagne, rassicurato dalla familiarità del panorama di risaie e campi coltivati in cui sono cresciuto.

Mi rendo conto che non vedo né sento S. da giorni. Come mai?, mi chiedo. Perché sto lasciando passare tutto questo tempo? Appena arrivo a casa lo chiamo. Voglio sapere come sta, capire quando ci rivediamo.

Faccio queste considerazioni mentre guido, nel traffico rado e tranquillo di queste strade provinciali secondarie, mentre uno stormo di uccelli sorvola i campi di granoturco incendiati dal tramonto. Provo una strana pace, la sottile allegria che ti fornisce l'aver preso una decisione positiva (torno a casa, lo chiamo).

Poi, di colpo, il senso della realtà mi piomba addosso. Come un velo che si squarcia, la consapevolezza narcotizzata che torna vigile.

S. è morto.

Non lo vedo, non lo sento da due settimane perché è morto.

Come ho fatto a dimenticarmene? Come ho potuto ragionare per alcuni minuti ignorando questa verità?

Sono talmente scosso che devo accostare la macchina e fermarmi sul ciglio della strada.

Sto ansimando.

Non mi è mai accaduto niente di simile prima d'ora. Riconosco che per un tratto di strada nella mia mente alla tragica realtà che sto vivendo se ne è sostituita un'altra, un mondo identico e parallelo nel quale tutto era uguale fuorché in un elemento: S. era ancora vivo.

È dunque questa la follia? Prendere per buona, per *vera*, una rappresentazione più accettabile della realtà, la mente rinuncia alla verità e la sostituisce con la sua forma più vicina e innocua.

Per alcuni attimi mi è successo.

Ora so cosa avviene.

Resto lì, scosso e sbalordito, cercando di riacquistare il ritmo regolare del respiro, mentre una fila di auto indolenti mi scivola a fianco.

Andate a casa, fuggite dalla pazzia, voi che potete.

Sempre quella volta in cui il ragazzo con cui uscivo a vent'anni mi aveva spezzato il cuore, ho voluto sfidare la morte: la sera, tornando da casa sua, mentre guidavo affranto e disperato, ho scelto di non fermarmi al segnale luminoso di stop e attraversare l'incrocio col rosso.

A dire il vero, c'erano assai poche possibilità che accadesse qualcosa di grave. Era tardi, mi trovavo su una strada periferica senza traffico. Sono scivolato attraverso il crocevia indenne.

Non so cosa mi aspettassi, un incidente, uno scontro, volevo ferirmi o volevo ferire chi mi stava facendo soffrire, volevo solo spaventarmi o provare un brivido estremo. Un insieme confuso di queste cose.

Nei giorni seguenti, rientrato in me, ripensavo a quel momento con preoccupazione ma anche con una certa dose di sbruffoneria. "Ho fatto una cazzata" mi ripetevo, usando con me stesso questo termine innocuo (cazzata) che minimizzava il rischio, lo relegava nei dintorni della goliardia.

Forse capita a tutti, da ragazzi, di misurarsi in atti di pura incoscienza, di mettere alla prova il senso di immortalità proprio di quell'età, quell'onnipotenza tumultuosa che ci scorre nelle vene.

Ora ripenso con orrore a quell'episodio, al potenziale tragico che conteneva e del quale non ero affatto consapevole.

Forse l'esperienza è anche questo: una forma di terrore retroattivo.

Ho scoperto che S. aveva fatto alcune spese folli nelle settimane precedenti al suicidio, incluso un cellulare, costosissimo, di ultima generazione, e altri apparecchi elettronici. Li aveva comprati con un sistema di finanziamento offerto dallo stesso rivenditore.

Un altro segnale di quanto fosse determinato a farla finita: non poteva permettersi quegli acquisti, ma sapeva perfettamente che non avrebbe mai dovuto pagarli.

Quasi uno sberleffo capitalista.

Mi convinco che la terapia individuale non funzioni con me. Che dovrei provare quella di gruppo, che condividere il mio malessere con altra gente che soffre potrebbe risultare lenitivo come una seduta privata non potrebbe mai essere.

Sono disposto a tentare ogni strada.

Cerco informazioni e ottengo il nome di un coordinatore. Lo chiamo e gli chiedo un incontro. Lui prima mi propone orari incompatibili col mio lavoro, poi accetta di vedermi in una pausa pranzo. Il suo studio fra l'altro è in centro, non distante dall'agenzia. Il giorno dell'appuntamento ci vado a piedi, dodici minuti di strada.

Il terapista è italiano, ma c'è qualcosa di mediorientale nel suo aspetto. Tracce di DNA delle sue discendenze, ipotizzo. È un bell'uomo, capelli neri corti e ricci, labbra carnose, sembra un attore in una fiction di medici. Parla in maniera pacata, estremamente rassicurante.

Mentre gli espongo la mia situazione non interrompe mai il contatto visivo con me. Annuisce grave di tanto in tanto.

Dopo avergli esposto la storia dei miei ultimi mesi, arrivo al nocciolo della questione:

«Ho già visto alcuni terapeuti, ma ho l'impressione che gli incontri individuali non funzionino con me. È come se niente riuscisse a toccarmi, ad arrivare nel profondo. Capisce cosa intendo dire?»

«Perfettamente.» Mi sorride di un sorriso professionale.

«Allora ho pensato che forse, non so, incontrarmi con altra gente può agire su un piano emotivo differente...»

«Certo. Avere di fronte persone che scelgono di raccontare i propri dolori, le proprie preoccupazioni, aiuta molto ad aumentare il senso di empatia, spinge ad aprirsi e a condividere il proprio peso con altri.»

«Posso chiederle che tipo di traumi hanno subito gli altri partecipanti al gruppo?»

«Oh, i più diversi. C'è chi soffre per la perdita di un genitore, anche se anziano, chi si è trasferito da un'altra città e si sente inadatto alla vita di una metropoli come Milano, ci sono donne in posizioni di comando che devono affrontare ogni giorno lo stress che il loro ruolo comporta... Un gruppo davvero molto vario.»

Il dottore sembra valutare con soddisfazione l'elenco sommario che mi ha appena fornito. Al contrario di me, che ne sono rimasto quasi stupefatto: adulti che perdono il vecchio padre e transfughi che faticano a inserirsi in un nuovo contesto ambientale? Se questi sono traumi, quello che sto vivendo io che cos'è? L'olocausto?

Cerco di trovare la formulazione meno offensiva per porgli la questione.

«Capisco che possano essere problemi importanti, ma mi chiedo se non ci sia nessuno che abbia subito... come dire?, *ferite* assimilabili alla mia.»

Lui mostra di pensarci un attimo, poi scuote la testa. «No, direi che il suo è probabilmente l'evento più traumatico.»

Finalmente intercetta la perplessità disegnata sul mio volto.

«Oh, ma lei non deve fare paragoni. Non è una gara a chi sta soffrendo di più. In queste circostanze è l'esperienza del gruppo quella che conta. Ognuno ha i suoi motivi per partecipare agli incontri e non ci sono ragioni più o meno valide di altre. Mi auguro che possa capirlo.»

Forse ha ragione. Che cosa sto diventando? Uno snob del dolore? La mia tragedia è peggio della tua?

«Prima di formulare un'idea preconcetta, provi a partecipare a un incontro» conclude.

Concordo con lui.

Mi dice che la prossima data in programma è fra dieci giorni, in questo studio, a ora di pranzo.

«Posso contarla fra i partecipanti?»

«Sì, volentieri.»

Il giorno precedente all'incontro, nel primo pomeriggio, in agenzia, ricevo una sua chiamata.

«Sono il dottor Ripamonti.»

«Ah, buongiorno, dottore.»

«Volevo sapere come mai non è venuto oggi.»

Ascolto incredulo la domanda. «Ma non era oggi...» mi affretto a rispondere, mentre cerco la mia agendina nello zaino.

«L'incontro era fissato per oggi» ribadisce.

Sfoglio le pagine, ed eccolo lì il mio appunto, segnato a mano.

«L'ho scritto sull'agenda: martedì ore 13.»

«Era lunedì. Ha sbagliato a segnarlo.»

Tacciamo entrambi.

In termini freudiani questo si chiama "atto mancato". È un errore inconscio, come quando temi che tua moglie scopra che bevi di nascosto e dimentichi la bottiglia di whisky sul lavello della cucina, o quando accetti controvoglia di partecipare a un viaggio e il giorno della partenza ti sloghi una caviglia in stazione. È la tua mente che ti tradisce attraverso un gesto del corpo. È il tuo io più profondo che si manifesta e compie le scelte che non sei stato in grado consapevolmente di fare.

Ho studiato psicologia, lo so. Lo sa anche lui.

«Mi richiami lei» dice, e riattacca.

Sappiamo tutti e due cosa significano queste parole. Che non richiamerò mai.

Ho perso l'uomo con cui vivevo da sette anni. Avrei dovuto raccontarlo a manager stressate.

Fatevi una vita, stronze.

Una sera di novembre, a Cuneo per un festival letterario.

Sono a cena con una giornalista, anche lei ospite della manifestazione, e conosciuta il pomeriggio stesso. Si instaura un'intesa istintiva fra noi due, tanto che lei mi propone di proseguire la serata bevendo qualcosa in un pub lì nei dintorni. Accetto.

L'alcol fluidifica i nostri discorsi, li rende più intimi. Siamo passati da sconosciuti a confidenti nel giro di poche ore, come ogni tanto, inspiegabilmente, può accadere.

E poi lei allunga la mano destra per afferrare una bottiglia d'acqua che il cameriere ha appena lasciato e all'improvviso le vedo. Le cicatrici verticali lungo le vene sui polsi. Lei coglie il mio sguardo e non muta espressione. Mi guarda, con occhi sereni, limpidi.

È un'altra confessione che passa fra noi, stavolta senza bisogno di parole.

Non la rivedrò più, dopo quella sera.

Morirà un anno dopo, giovane, in una zona di guerra.

Un rischio che era pronta a correre più di altri.

Io non avevo alcuna esperienza di suicidio. Intendo dire che non conoscevo nessuno a cui fosse successo di perdere un amico, una moglie, un fratello per un atto di autolesionismo. Di suicidi leggi nei romanzi o sui giornali, sono cose che avvengono in famiglie disastrate o per circostanze eclatanti. Non succedono a te.

Parte del disorientamento, del senso di alienazione che vivevo dopo la scomparsa di S. era anche legato a questo: all'eccezionalità del gesto. Ero diventato io stesso parte di quell'evento straordinario in senso tragico.

Parlavano di me nel mio condominio, nell'agenzia dove lavoravo, nel circuito degli amici e dei conoscenti. Ero l'infelice protagonista di un evento raro.

E non avevo termini di paragone, non avevo modelli a cui rifarmi.

Mi sembrava di soffrire in modo unico, perversamente speciale.

Ho sempre cercato forme di salvezza nei libri.

(Come fa a salvarsi la gente, senza i libri?)

Stavolta però è difficile: i testi che analizzano l'argomento, anche da un punto di vista scientifico, sono scarsi, quasi nulli. Devo rivolgermi altrove.

Trovo comunque una forma di consolazione in libri imbarazzanti, imbarazzanti per il loro contenuto e per il mio livello intellettivo, libri che in altri momenti avrei deriso e disprezzato: i libri dei medium.

Li leggo con lo stesso afflato di chi, impossibilitato a muoversi, compra riviste con immagini di isole esotiche per fantasticare di raggiungerle prima o poi. (Ho sentito dire che la maggior parte dei consumatori di riviste turistiche è gente che non viaggia: sfogliare quelle pagine è la sublimazione di tragitti che non compiranno mai.)

Non credo a quello che raccontano i sensitivi in questi libri infantili e sensazionalistici, però spero che abbiano ragione.

Il contenuto è sempre una variante dello stesso concetto: che i defunti stanno bene, hanno raggiunto un luogo di pace, che vogliono comunicare con i parenti rimasti in vita per rassicurarli, che dall'aldilà (qualunque forma questo possa avere) li vegliano, li amano, li proteggono.

Uno di questi parla di amore oltre la vita, storie di persone che si sono amate attraverso i secoli e che riescono a rievocare le loro relazioni passate attraverso l'ipnosi regressiva. In un altro momento avrei trovato asfissiante e limitativa l'ipotesi di essere destinati a replicare lo stesso rapporto sentimentale nel tempo, una forma di ossessività inconscia (ma del resto in un altro momento non avrei mai letto un libro simile): invece ora è consolante. Io e S. ci siamo già amati e torneremo ad amarci. Questo è un incidente di percorso, un gap momentaneo nella relazione eterna che ci lega e che è destinata a protrarsi all'infinito. Mi fa bene pensarla in questi termini, portare la questione in un terreno da romanzo fantasy per signorine. In fondo, se le casalinghe sovrappeso di mezz'età sposate a operai maneschi leggono i romanzi Harmony per sognare aitanti ereditieri che vengano a prenderle e portarle via, perché io non posso avere il diritto di affidarmi a ipotesi trascendentali consolatorie che offrono una tregua al peso che mi attanaglia a terra da mesi?

Mi do anche giustificazioni statistiche: se ci sono tutti questi volumi in libreria, se in tanti ci credono, se i medium raccontano tutti le stesse cose, ci sarà qualcosa di vero, no?

Leggo libri che me la raccontano e mi sta benissimo così.

La giornalista americana Amy Biancolli, sopravvissuta alla morte del marito, con tre figli da crescere, in un Ted Talk visibile su YouTube esamina gli aspetti pratici del post-suicidio. Si intitola *Sei ancora qui – Vivere dopo un suicidio* e circa a metà Biancolli racconta di aver fatto una lista. Un elenco di azioni che ha attaccato alla porta del frigorifero di casa sua perché potesse vederla tutti i giorni, varie volte al giorno.

La lista comprende una serie di compiti che tutti noi diamo per scontati, ma dopo uno shock simile non sono più altrettanto automatici. Ci sono voci quali: Vivi, Sii presente, Prega, Sorridi, Ama.

Biancolli ricorda a sé stessa di avere il compito di continuare a vivere (per i suoi figli, per esempio), di cercare di sorridere quando è possibile, di continuare ad amare (ricominciare ad amare può essere terrificante perché sai quanto è straziante perdere qualcuno e forse non vuoi più esporti a un simile rischio).

C'è anche la voce: Impara cose nuove. Lei ha scelto di prendere lezioni di violino jazz.

Ecco, a uno spettatore esterno queste azioni basilari, per quanto scontate, possono apparire logiche. L'esortazione a imparare nuove cose, meno: non sembra il momento adatto per mettersi a studiare o seguire lezioni. Chi ne ha voglia, chi ne ha la forza, la concentrazione?

Quell'invito invece è la formulazione semplicistica di una prospettiva assai più ampia e profonda: è una proiezione verso il futuro.

Imparare nuove cose significa andare avanti, continuare a crescere, ragionare in termini di evoluzione.

I territori non condivisi con la persona che hai perduto, che non vanno ad aggiungersi ai vostri ricordi comuni, sono il primo passo concreto verso un'altra fase della vita in cui le nuove conoscenze saranno *tue* e non più *vostre*.

Oltre che a sopravvivere al presente, quella lista le serve per cominciare a considerare di nuovo una forma di futuro.

(Io ho pensato: studiare violino jazz è una scelta orrenda. E subito dopo: come è sensata, come la capisco.)

Riprendi ad ascoltare musica.
Iscriviti in palestra.
Cerca di scrivere (qualsiasi cosa).
Non ammorbare troppo i tuoi amici.
Viaggia in posti dove non siete mai stati insieme.
Resta in questa casa finché ne senti il bisogno.

La lista che avrei scritto io.

("Iscriviti in palestra" era il mio "Studia violino jazz", è evidente.)

Una notte, neanche un mese dopo la morte di S., saranno le quattro, suona il citofono. Mi sveglio di colpo. È un sogno, mi chiedo? La casa è immersa nel silenzio. Giù in strada il fruscio distante delle poche macchine ancora in giro a quest'ora.

Un secondo squillo cancella i miei dubbi.

Mi alzo e vado a rispondere. «Sì?»

«S. sei tu?» chiede la voce di un ragazzo.

«Chi sei?» chiedo a mia volta, ma non c'è risposta. Sento un respiro trattenuto e poi rumore di passi.

Abbandono la cornetta a penzoloni e corro in camera da letto, alla finestra che dà sulla strada. Faccio in tempo solo a scorgere una figura in jeans e maglietta che gira l'angolo, scomparendo dal mio campo visivo.

Chi era?

Non certo un amico, una conoscenza comune. Quelli sanno cosa è successo e non verrebbero certo a fare un'improvvisata alle quattro del mattino. E non scapperebbero sentendo la mia voce.

Doveva essere una sua conoscenza degli ultimi tempi. Un amante. Qualcuno che da settimane non ha sue notizie e non sa come averne, che chiama un numero per scoprirlo non più attivo e che, all'apice della disperazione, prova a cercarlo a casa sperando di trovarlo mentre dorme.

Rimango alla finestra nell'ipotesi illogica che torni sui suoi passi, ma i marciapiedi sono vuoti, nessuno va, nessuno torna.

L'idea che fosse un amante non mi infastidisce, non mi turba. Chissenefrega. Chissenefrega di tutto.

Vorrei solo che tornasse indietro, che potessi spiegargli cosa è successo.

Vorrei abbracciarlo e piangere sulla sua spalla.

L'abbiamo perduto, gli direi fra le lacrime. L'abbiamo perduto per sempre. E lo terrei stretto, questo ragazzo che ha condiviso il suo corpo e il suo odore, questo mio fratello.

Tiziana aveva questa amica, Patrizia, di cui mi parlava ogni tanto. Una donna che aveva conosciuto in vacanza, in montagna, e che sosteneva avere dei poteri psichici. Sentiva le cose, prevedeva il futuro.

Io mi mostravo scettico, ma lei garantiva sulla efficacia del suo operato. «Ti giuro che ha detto cose su di me che non poteva sapere nessuno.» A prova della sua onestà, aggiungeva che Patrizia non esercitava come paragnosta ma aveva una normale attività di parrucchiera, tenendo il suo dono privato, e che l'unico modo che si concedeva di mettere a frutto queste sue facoltà era quello di andare ogni tanto a battere cassa al casinò (aveva la percezione dei numeri che sarebbero risultati vincenti).

Catalogavo la parrucchiera e i suoi poteri come una storia divertente e non avevo curiosità di indagare oltre.

Una volta ho avuto occasione di incontrarla. Era a Milano in visita ed era passata in agenzia per invitare Tiziana a pranzo. In ufficio mi ha stretto la mano e ci siamo presentati. Non ci siamo detti altro che il nome, Tizi ha preso la sua giacchetta e sono uscite.

Al rientro dal loro pranzo Tizi mi ha detto che Patrizia aveva sentito che emanavo un'energia positiva, che ero una presenza benefica.

Io l'ho presa in giro. «Quante cazzate. E se ti avesse detto che ero una presenza negativa cosa avresti fatto? Cambiato ufficio? Cambiato lavoro?»

Ci abbiamo riso sopra e la cosa è finita lì.

Da allora non l'ho mai più vista.

La mattina dopo il suicidio di S. ho chiamato Tiziana. Dovevo chiederle di avvisare in ufficio che sarei stato assente per qualche giorno. Volevo che fosse lei a spiegare la situazione, a raccontare al posto mio cosa fosse successo.

È forse l'unica chiamata che ho fatto in quelle prime ore, che mi sono imposto di fare. Le altre le ho delegate.

Al telefono ho cercato di essere sintetico. Una parola di troppo e sarei esploso.

Lei ha ascoltato, in silenzio, poi ha detto questa cosa incredibile: «Mi ha chiamato Patrizia, stanotte. Ha sentito che ti era successo qualcosa di spaventoso».

«Aveva ragione» ho detto, e ho riattaccato.

Non potevo elaborare oltre.

Più avanti nel tempo ho ripensato spesso alla straordinarietà di questa circostanza.

Mi rendo conto che in questa storia compaiono diverse sensitive, un'incongruenza per uno come me che non crede al paranormale, anzi, che forse non crede a niente. Fra tutte, però, l'intervento di Patrizia è il più inspiegabile e di gran lunga il più significativo. Mi chiedo perché, in quei primi mesi di smarrimento e di potenziale apertura verso l'inconoscibile, non abbia cercato di incontrarla di nuovo. Non mi so dare una risposta. All'epoca non avevo la lucidità di prendere molte decisioni. Venivo in qualche modo spinto verso le cose e mi lasciavo andare.

Ora, a vent'anni di distanza, ricercarla non avrebbe alcun senso.

Tuttavia questo episodio mi ha fatto ripensare al detto della farfalla. A livello cosmico qualcosa è successo: S. ha smesso di battere le sue ali e nel cuore della notte una donna sulle Alpi ha sentito il terremoto che ha provocato dentro di me.

E chi vuole credere, creda.

Alla fine degli anni '90 ho pubblicato il mio primo romanzo. Era la storia della mia adolescenza e dei miei primi passi
nell'età adulta. La fine del libro coincideva con l'inizio della convivenza con un uomo che avevo conosciuto e di cui
mi ero innamorato.

Quell'uomo era S.

Quando ho terminato la stesura del manoscritto e ho cominciato a inviarlo in lettura alle case editrici, erano passati sei anni da quegli eventi e i rapporti fra me e lui erano in
forte crisi.

Ho completato la versione finale del testo l'estate in cui
noi due ci siamo lasciati.

S. si è ucciso a novembre del 1998.

Il libro è uscito nel maggio del 1999.

Dal momento della sua pubblicazione io mi sono trovato
ad affrontare contemporaneamente il lutto ancora fresco per
la sua perdita e un giro promozionale in tutt'Italia per un romanzo che parlava di lui. Lui vivo, solare, innamorato, felice. Un ritratto in termini estatici. E io in tour a presentarlo.

Ho la passione per la scrittura da sempre, da quando ero bambino e preferivo stare in casa a riempire quaderni mentre gli amichetti si sbucciavano le ginocchia giocando a pallone nella piazzetta sotto casa.

Già verso i dieci anni realizzavo libricini piegando in due i fogli strappati dal quaderno, con tanto di titolo e disegno in copertina. Edizioni in copia unica, perché ignoravo la pratica della duplicazione e della distribuzione. Non era un problema: in fondo scrivevo quelle pagine per me, per il piacere di vedere quei finti volumetti col mio nome sopra. Erano storie di pirati, di sottomarini, di draghi e principesse, di esploratori. Non avevano nulla di originale, erano repliche brutte di quelle che la maestra leggeva a scuola. Spesso non le terminavo neppure: mi concentravo sul titolo, sulla copertina, ne scrivevo qualche pagina e poi venivo interrotto per la cena e il giorno dopo già avevo la mente proiettata verso un altro racconto, affascinato più dal progetto che dal suo contenuto. Facevo pratica molto prima di avere qualcosa da comunicare.

A lungo questa propensione per la scrittura è rimasta sottotraccia, come un'abitudine privata. Solo durante l'università ho ammesso a me stesso di volerla prendere sul serio e per la prima volta mi sono messo a scrivere testi con l'intenzione di farli leggere in giro. Racconti, per lo più. E un intero romanzo, che alla fine ho buttato via senza condividerlo con nessuno perché ho capito che era stato solo un banco di prova, la mia personale palestra per misurarmi con un progetto più lungo. Flettevo i muscoli per prenderne le misure.

Non avevo fretta. Mi davo tempo.

Io che per indole sono frenetico e impulsivo, non so come, nei confronti della scrittura ho saputo essere qualcosa che non sono mai stato in altri ambiti: paziente.

Ci pensavo di continuo, però. Cercavo di immaginare come sarebbe stato pubblicare un mio libro, con un editore vero, presentarlo in giro per le librerie, incontrare i lettori.

E quando quel momento è arrivato non poteva accadere con un tempismo peggiore.

La prima presentazione, la prima in assoluto, è avvenuta in un cinema, durante una rassegna. Ricordo l'agitazione e l'ansia di trovarmi di fronte una sala piena. Essere lì era al contempo entusiasmante e straziante, una prova di forza. Tenevo lo sguardo puntato verso il fondo della sala, verso volti lontani, ossia verso nessuno. Ero felice di essere lì e allo stesso tempo mi sentivo in colpa per essere felice. Sorridevo e rispondevo come in trance alle domande della scrittrice che mi introduceva. Avevo la sensazione di essere alterato, il cuore a tremila, il sangue che pompava nelle vene, le luci, la gente, il brusio in sala, i battimani, come se l'insieme mi investisse e dovessi reggerne l'impatto. È troppo, una voce dentro di me diceva, è tutto troppo.

L'incontro avveniva tra un film e l'altro del festival, un quarto d'ora: la mia resistenza massima.

Avevo degli amici in prima fila, venuti a darmi sostegno. Uno di loro, al termine, mi ha detto: «Non hai mai guardato nella nostra direzione, neanche una volta».

Perché io non ero lì, avrei voluto dirgli. Non so chi sia questo manichino che mi sta impersonando.

Sorridi. Saluta. Applausi.

Si diventa funzionali in modi sbalorditivi.
O forse: ci si scinde.
Impari ad avere due facciate, una esterna e una privata.
Impari a farla tua, questa scissione. A riconoscere che ti spetta.

Il dolore è un corso di recitazione.

Impari a fingere con tutti. Esci, parli, sorridi, ti mischi agli altri, rassicuri, assicuri di farcela, che tieni botta.

Dentro hai l'inferno che brucia e scava.

Fuori ti atteggi a normale.

All'inizio è dura, non inganni nessuno. Sanno cosa ti è successo, si aspettano da te che tu soffra.

Col tempo diventi credibile, mostri miglioramenti fasulli. Quasi sempre ci cascano. Vogliono cascarci.

Da lì in poi ti affidi all'improvvisazione. È un pulsante che sei in grado di premere ogni volta, in pubblico.

Non solo diventi un attore: diventi bravissimo.

Sei un Nastro d'argento migliore protagonista e nessuno lo sa, tranne te.

Perdere qualcuno all'improvviso è sconvolgente perché non si è preparati a questo strappo. Una malattia, o la vecchiaia, ci mettono lentamente nello stato d'animo per accettare l'inevitabile, ma una morte tragica (un incidente, una sparatoria, un arresto cardiaco) piomba nella nostra quotidianità con l'irruenza di un terremoto, devastandoci.

Ci troviamo a fare i conti con un'assenza fondamentale e non preventivata, ci appare impossibile che le cose siano potuto accadere in maniera tanto repentina e irrevocabile. Sembriamo non potercene fare una ragione.

Quando questa brutalità però è volontaria le cose si complicano, i sentimenti si avviluppano su sé stessi in matasse inestricabili, la rabbia che sconfina nell'amore, il rimpianto che si accompagna al risentimento, il senso di colpa al senso dell'inganno.

Si vorrebbero risposte. Si vorrebbe un ordine. Un contesto dove le cose possano essere giuste o sbagliate e non così perversamente indistinguibili.

Chi soffre per un suicida soffre di contraddizioni. Il suo dolore non è mai puro come quello per una semplice perdita. Il suo è un dolore sporco, torbido. Un labirinto.

E io che ero già immerso in questo pozzo di incongruenze, ne aggiungevo un'altra, la più spettacolare: il pubblico.

Presentare quel libro è stato parte della terapia, un contorto meccanismo di elaborazione del lutto che prevedeva di parlare di lui a ripetizione e nascondere lo stato delle cose a chiunque.

I primi incontri pubblici sono stati difficilissimi. Le domande su S. uscivano sempre: State ancora insieme? Cosa pensa del libro? È qui stasera? Qualcuno faceva lo spiritoso: Me lo presenti? E la sala a ridere. Ridevo anch'io. «No, non c'è» rispondevo, tacendo l'avverbio finale, quel "più" che avrebbe reso la sua assenza definitiva.

Mi assuefacevo alla sua mancanza evocandolo di continuo.

Eppure, a modo mio, avevo detto la verità. L'avevo rivelata subito, in apertura di libro.

La dedica che compariva all'inizio del romanzo era:

"S., ovunque ti trovi adesso, questo libro è per te"

Mi sembrava così chiara, così esplicita: quell'ovunque ti trovi adesso rendeva palese che non fosse più qui, fra noi.

Ero convinto di essermi esposto troppo, credevo che l'avrebbero intuito tutti.

Non l'ha mai capito nessuno.

In quel primo giro promozionale ho imparato molte cose, ma soprattutto una: che quando scrivi di te stesso tracci dei confini, scegli cosa raccontare e cosa no, chi coinvolgere e chi lasciare fuori dalla storia. Sono contorni sui quali hai ragionato e che rispondono a motivazioni precise. Per te. Per i lettori questo non conta: vogliono sapere di più, vogliono sapere tutto. È come se tu gli avessi fornito un assaggio e ora volessero il resto.

Mi chiedevano dei miei genitori, di mia sorella, del mio paese, volevano dettagli che avevo scelto di omettere, volevano particolari intimi, volevano scaglie di passato, presente e futuro.

Ho capito che dovevo dare dei limiti alla loro curiosità e alle loro domande. Che dovevo difendermi.

Era una questione artistica e al contempo un'esigenza personale.

Lo sarebbe stata comunque, riguardo a tutte le figure presenti nel libro, ma la vicenda di S. la rendeva essenziale.

Ho imparato a dire alcune cose, vere. Che S. aveva letto il libro e l'aveva apprezzato (ne aveva letta una stesura avanzata, in dattiloscritto). Che non volevo parlare della mia vita sentimentale, ma solo dei contenuti del romanzo. Che il romanzo riguardava il mio passato recente e che il mio presente era una faccenda non pertinente.

Dovevo difendere me e difendere il contenuto del libro stesso, che era una vicenda di accettazione e di gioia. Parlare di ciò che era successo anni dopo, di uno sviluppo imprevedibile e lacerante, ne avrebbe stravolto il senso.

I miei gusti musicali e quelli di S. non coincidevano affatto. Erano talmente distanti che non abbiamo mai provato a cercare terreni di compromesso, sapendo che sarebbero stati inutili. Men che meno abbiamo provato a convertire uno ai gusti dell'altro (che senso ha stare con una persona tanto diversa se poi cerchi di renderla uguale a te?).

Lui ascoltava cantautori italiani, successi dance del momento, qualche sporadico cantante degli anni '60. Accostamenti assurdi (come lo sono i gusti musicali di tutti noi).

Io new-wave inglese, qualcosa di indie italiano, Björk. Accostamenti assurdi (come lo sono i gusti musicali di tutti noi).

Creavamo i nostri spazi di ascolto privato. Io in ufficio (con Tiziana lavoravamo spesso con la porta chiusa e una radio portatile a volume contenuto), lui in macchina o quando guidava il furgone.

A casa, ogni tanto, ma alternandoci: io concedevo a lui di sentire un CD, poi sarebbe stato il mio turno.

Un equilibrio funzionale.

Negli ultimi mesi S. ascoltava un solo album, a ripetizione. Si era fissato su questo disco vecchio di almeno dieci o dodici anni, l'esordio di un cantautore italiano sfortunato, il classico cantante che azzecca una sola canzone nella sua carriera e poi scompare. Ma S. non lo ascoltava per il singolo famoso, era un'altra la canzone sulla quale si era fissato, un brano minore che era un'ode alla figura del padre, il canto d'amore di un figlio per un genitore scomparso.

A me quel brano non appariva particolarmente emozionante, anche il testo era debole, ma era chiaro che per S. rivestisse un significato speciale.

Quando qualcuno scompare in maniera tanto brusca e senza appello, non puoi fare a meno di ripensare ai giorni precedenti in cerca di segnali.

La sua ossessione per questa canzone era un altro degli indizi che non sono stato in grado di cogliere.

In quelle decine di lettere che mi ha lasciato e che non ho più avuto il coraggio di rileggere c'è un passaggio che è rimasto impresso nella mia memoria:

"Quando sono andato via di casa ho detto che andavo da mia madre. Ho mentito.
Sto andando da mio padre."

S. non ha mai incontrato suo padre, è morto due mesi prima che lui nascesse.
Mentre progettava il suicidio, si preparava simbolicamente a conoscerlo.

S. adorava guidare e con lui ho scoperto che mi piaceva farmi accompagnare. Non dovevo preoccuparmi di niente, lui sapeva dove andare, conosceva la strada e i tempi di percorrenza, io dovevo solo occupare il sedile accanto e lasciarmi condurre.

Ho sempre vissuto la guida come una necessità, mai come un piacere. Se devo viaggiare uso i mezzi, prendo il treno. Vedere che a qualcuno potesse piacere tanto era stata quasi una rivelazione (la costante meraviglia di scoprire che gli altri non ci somigliano, il fascino che ne deriva).

I primi tempi veniva a prendermi con la sua auto, poi cominciavamo a vagare dentro la notte. Quando mi riportava, a volte tardi, tardissimo, gli toccava un'altra mezz'ora buona di strada per tornare a casa: sembrava non gli pesasse per nulla.

Molti dei nostri discorsi più profondi sono avvenuti dentro l'abitacolo. È come se viaggiare ci autorizzasse all'indagine reciproca, io chiedevo a lui, lui chiedeva a me. Ci siamo conosciuti in questo modo, su strada.

Sono arrivato anche a scoprire suoi tremendi difetti, come l'abitudine agghiacciante di lanciare le lattine vuote dal finestrino una volta finite, un vizio che gli ho fatto perdere immediatamente.

È in uno di questi brevi e interminabili viaggi nei dintorni delle nostre vite che mi ha raccontato un episodio irresistibile della sua infanzia.

Sua madre era vedova e aveva quattro figli. Lui era l'ultimo nato. Lei lavorava in fabbrica, per poterli mantenere, e contava sul supporto delle vicine per curare i bambini in sua assenza. S. era il più scatenato di tutti (naturalmente), non stava mai fermo, si sbucciava le ginocchia giocando in cortile, si riempiva di graffi cadendo dalla bicicletta lungo le strade del paese, una peste. Le vicine avevano il loro bel daffare nello stargli dietro. Però talvolta capitava che anche loro avessero impegni personali e non potessero aiutare sua madre. In quei casi la povera donna doveva trovare il modo per trattenere S. in casa ed evitare che combinasse disastri. Allora aveva escogitato un metodo inusuale: la mattina, prima di andare in fabbrica, gli metteva addosso i vestiti della sorella. S. non avrebbe avuto il coraggio di farsi vedere dagli altri bambini conciato in quel modo ridicolo. Genialità spicciola: il trucco funzionava. S. restava fra le quattro mura e si dedicava a giochi più tranquilli. Finché anche lui riuscì a trovare il modo di ribaltare la situazione. Un giorno, sfidando la sorte, raggiunse gli amici con quell'abbigliamento assurdo, ma prima che gli altri lo prendessero in giro lui annunciò: «Giochiamo al Carnevale! Io mi sono già vestito!». La proposta fu accolta con entusiasmo dagli amichetti, che corsero a casa a cercare accessori con cui travestirsi. Era riuscito a battere l'ingegno materno, a vincerla sullo stesso piano.

Aveva ancora quel sorrisino di soddisfazione sul volto, mentre me lo raccontava. Me lo figuravo quasi, un S. bambino con un ghigno furbo di vittoria stampato in faccia.

Forse era questa la caratteristica che fin dal principio mi ha conquistato di lui: lampi di pura innocenza che trapelavano sotto la sua scorza da duro.

Nessun medico, nessuno psicologo, in quel periodo mi ha proposto degli aiuti farmacologici per lenire il dolore. Immagino che la gente li richieda, non si attende che le vengano offerti. Io non chiedevo nulla.

Periodicamente incappavo in articoli di giornale o servizi televisivi sulla dipendenza da ansiolitici e antidepressivi, sulla gravità di un fenomeno dilagante come una piaga. Non c'era film o serie TV americana che non presentasse la figura di una donna segnata dall'abuso di pillole, senza nulla di preciso da curare.

Casalinghe annoiate cercavano la salvezza che io disdegnavo.

Ogni tanto un amico, vedendomi stremato, me lo proponeva: «Perché non ti fai prescrivere qualcosa per stare meglio? Solo per superare questo momento...».

Io scuotevo la testa.

Non volevo stare meglio. Cioè, sì, mi auguravo che il dolore smettesse di stritolarmi e mi concedesse di respirare, che il volume della sofferenza si abbassasse col tempo. Ma sentivo, dentro di me ne avevo la piena consapevolezza, che dovevo passarci attraverso per uscirne, non potevo scavalcarlo.

L'idea che una pastiglia mi rendesse di nuovo il sorriso, l'allegria, in quel momento mi appariva grottesca. Un incantesimo in grado di trasformarmi in un uomo sereno rappresentava ai miei occhi qualcosa di mostruoso.

Mi sentivo già abbastanza mostro di mio per non averlo salvato. Poteva bastare.

"Di lui non mi restava altro che il dolore di averlo perso. Un dolore che mi faceva a pezzi, ma che non volevo lenire con i farmaci. Desideravo sentire la sofferenza tutta, fino in fondo... Non volevo che sparisse anche quella."

Long Litt Woon, *La via del bosco*

Pochi mesi dopo la morte di S., ricevo una telefonata.

«Ciao, sono Cristina.»

Riconosco la voce subito, sebbene siano trascorsi secoli dal nostro ultimo incontro.

Ci siamo conosciuti che dovevamo essere entrambi diciottenni, o qualcosa del genere. Viveva in un paese vicino al mio ed era entrata a far parte della nostra compagnia grazie all'intermediazione di un'amica. Era la prima persona di religione buddista che conoscevo (col tempo ne avrei incontrate altre, ma allora c'era solo lei) e così, anche per distinguerla dall'altra Cristina del nostro gruppo, la chiamavamo "la Cristina Buddista". Il suo credo per noi era diventato, di fatto, il suo cognome.

Per un lungo periodo ci siamo frequentati in modo assiduo, poi, senza una ragione precisa tranne i diversi percorsi di vita, ci siamo persi di vista. Lei si era fidanzata con un ragazzo della sua congregazione, poi sono andati a convivere in un appartamento in Brianza perché entrambi avevano trovato lavoro da quelle parti e perché era vicino alla sede del culto. A poco a poco, siamo sfumati a vicenda.

Risentire la sua voce è un tuffo nel passato.

«Cristina» dico. «Quanto tempo.»

Lei non entra in convenevoli, non è per questo che chiama.

«Volevo dirti che ieri notte Federico è morto. Si è sentito male in bagno, ho chiamato l'ambulanza, ma non c'è stato niente da fare. Un aneurisma cerebrale.»

Taccio, impreparato a tutto (alla sua chiamata, al viaggio nel tempo, alla notizia drammatica).

«Sabato pomeriggio al tempio ci sarà la funzione funebre, se ti va di venire.»

Sono sorpreso ma non incredulo. Capisco perché mi abbia chiamato nonostante gli anni di oblio. Quando la morte irrompe nel tuo quotidiano da un momento all'altro rimani talmente sbigottito che ti trovi a compiere scelte istintive, il cui significato forse non ti è del tutto chiaro, ma la cui urgenza è l'unica cosa che conta. Come chiamare tutti i numeri che hai in agenda per condividere il lutto con quante più persone possibile.

Non glielo dico, ma la capisco. Oh, se la capisco.

«Certo, sabato ci sarò» le prometto.

Non sono mai stato a un funerale buddista prima d'ora, e non credo neppure li chiamino funerali.

La cerimonia si svolge in una sala del tempio e l'atmosfera in maniera palpabile è assai più serena e distesa che in un qualunque funerale cattolico. Per i buddisti la morte è un concetto positivo: stiamo festeggiando il suo trapasso, non piangendo la sua scomparsa terrena.

Gli amici al microfono rievocano aneddoti e caratteristiche di Federico. I presenti annuiscono, sorridono a volte.

Vedo Cristina da lontano. È circondata da familiari e amiche, appare tranquilla, sebbene immagino abbia una voragine dentro. Ignoro che nella sua calma abbia in serbo qualcosa di straordinario.

Dopo che le testimonianze si sono concluse lei si alza e raggiunge il pianoforte (c'era un pianoforte nella sala, non l'avevo notato prima). Si siede, alza il copritastiera e comincia a suonare una melodia dolce, pop, famosa. Solo quando attacca a cantare la riconosco: è *The Man I Love* di Gershwin.

Mi commuovo all'istante.

Non sapevo che Cristina sapesse suonare, né cantare. Forse sono talenti che ci aveva tenuti nascosti, forse ha imparato in seguito.

La canta per intero, senza che la voce si incrini, senza cedere all'emozione.

Io la ascolto e non posso fare a meno di trovarla epica.

Dedicare un pezzo simile al proprio uomo scomparso è un gesto splendido. Riuscire a farlo durante la sua cerimonia funebre, col sorriso, è da stoici.

Io al funerale di S. non sarei stato in grado di dire una parola in pubblico, figuriamoci un'esibizione.

Quando la abbraccio, a cerimonia finita, mezz'ora più tardi, lei non dice nulla, e io neppure. La stretta dei corpi è l'unico messaggio che ci viene spontaneo scambiarci. Ma dentro di me continuo a pensarlo: per me tu sei un eroe.

Se scrivo questo libro è anche perché avrei voluto leggere io allora un libro così, sul dolore di chi resta.

Ma scriverlo significa anche porsi nuove domande, cercare altri confronti. Ripenso al senso di isolamento e solitudine che provavo allora e mi rendo conto che affrontare un percorso simile oggi sarebbe molto diverso, che basta andare in rete per trovare centinaia di referenze nei campi più diversi.

Questo mi porta anche a chiedermi se avrebbe senso cercare adesso alcune delle forme di conforto che avrei tanto voluto allora, sebbene non ne abbia ormai più un bisogno pressante.

La cosa che mi è mancata più di ogni altra è forse l'unica che potrebbe ancora aver senso ricercare: la condivisione con altri che abbiano vissuto lo stesso trauma, persone che possano comprendere il senso preciso e unico di questa forma di strazio.

Un gruppo di autoaiuto specifico per parenti di suicidi. Esisterà?

Anche nella profusione di risorse digitali disponibili, trovarlo non si rivela immediato. Mando diverse mail, faccio telefonate, vengo indirizzato da un referente a un altro.

Trovo vari gruppi di sostegno per parenti in lutto, ma nessuno è dedicato in maniera specifica ai familiari di suicidi.

Mi segnalano il nominativo del coordinatore di uno di questi gruppi, in Emilia, che è lui stesso parente di un suicida. Riesco a ottenere il suo numero di cellulare. Si chiama Nicola. Gli telefono, gli racconto chi sono e del libro che sto scrivendo, gli chiedo se abbia voglia di incontrarmi per raccontare la sua esperienza. Lui è piuttosto freddo e reticente, almeno al cellulare, ma accetta. Ci accordiamo per vederci verso fine mese.

Intanto, la ricerca del gruppo specifico prosegue, finché lo individuo.

Ne esiste uno solo, all'apparenza. A Padova.

Gli incontri sono a cadenza settimanale.

Chiamo il numero della sede e chiedo di poter partecipare almeno ad alcune sedute. La responsabile, gentile, mi spiega che deve sottoporre la questione al gruppo e che mi farà sapere. Dopo qualche giorno, mi comunica che solo una parte dei partecipanti è disposta a incontrarmi. Cerchiamo di fissare una data.

E lì accade l'imponderabile. Esplode in Italia l'emergenza per il Coronavirus, viene annunciato il lockdown, la chiusura totale.

Una realtà spaventosa e urgente si inserisce nella mia tardiva elaborazione del lutto.

Un messaggio del cosmo: cosa importa del tuo trauma lontano, ora ce ne sono altri urgenti da affrontare.

Il presente cerca di togliermi senso.

Il facilitatore naturale

Nei primi giorni del lockdown non riesco a fare quasi nulla, men che meno scrivere. Subisco i primi eventi in stato quasi catatonico, come accade a molti, scoprirò.
Ma poi viene l'esigenza di scuotersi, di reagire.

Quando i tempi dell'isolamento si prolungano e cominciano a trascorrere settimane su settimane senza alcun indizio su quando e come si potrà ricominciare a viaggiare, a fare incontri, capisco che certe esperienze, come la partecipazione diretta a un gruppo, saranno rimandate di mesi, ma che forse in altri casi potrei adeguarmi alle circostanze.
Avrei dovuto incontrare di persona Nicola, il ragazzo del gruppo di autoaiuto in Emilia. Decido di contattarlo di nuovo e di proporgli una videochiamata. Lui mi dà appuntamento alle 17 del giorno seguente.

Mi risponde dal salotto di casa sua. Sta stirando. Trovo la circostanza divertente (parlare di morte sbrigando faccende pratiche: tanatologia ed economia domestica insieme).
Nicola è un uomo single sui trentacinque anni e sta trascorrendo l'isolamento da solo, come conferma la stiratura.

Come prima domanda gli chiedo cosa significhi fare il facilitatore e perché abbia scelto di farlo.
Lui mi spiega di essere un "facilitatore naturale", e con

questo non intende dire che gli venga spontaneo ciò che fa ma, scopro, si tratta di una terminologia tecnica. I facilitatori sono persone che hanno il compito di coordinare le attività del gruppo di autoaiuto e sono in genere dei professionisti. Si definisce "facilitatore naturale", invece, un membro del gruppo che ne diventa il coordinatore: non uno psicologo, un educatore o un terapeuta, ma qualcuno che ha affrontato il trauma del lutto attraverso l'elaborazione collettiva e che ora mette questa esperienza al servizio degli altri.

Nei primi minuti della conversazione, mentre mi fornisce queste informazioni, Nicola continua nell'opera di stiratura poi, gradualmente, abbandona il ferro sul suo supporto e dedica tutta la sua attenzione a me.

Gli chiedo se abbia riscontrato delle differenze fra chi soffre per un lutto familiare qualsiasi e chi per un parente suicida. Mi dice che tutti, in un modo o nell'altro, provano rimpianti e sensi di colpa verso qualcuno che è scomparso, ma i sopravvissuti, ovviamente, molto di più: «In una malattia, in un incidente, c'è poco che tu possa fare. Con un suicida invece in fondo hai sempre l'impressione che se avessi detto certe cose, se fossi andato a trovarlo quel giorno, se avessi ascoltato meglio le sue parole, avresti potuto fare qualcosa. Avresti potuto salvarlo».

Nella nostra prima telefonata Nicola era pieno di riserve. Ha premesso che non mi avrebbe raccontato la sua storia, che non era interessato a condividerla. Era evidente dal modo in cui si stava proteggendo che la questione fosse ancora molto delicata e recente.
In questa videochiamata invece le sue resistenze si sfaldano via via che parliamo. Agli inizi mi dice di aver perso "due parenti importanti", in modo generico, senza fornirmi altri indizi. Poi, non so se in modo inconsapevole o

spontaneo, comincia a svelarmi i dettagli. Vengo a sapere che ha perso la madre una quindicina di anni prima e il fratello maggiore, per suicidio, quattro anni fa. È nei confronti di questo lutto che ha maggiore reticenza. «Ancora oggi non riesco a parlarne con gli altri. Coi colleghi di lavoro, per esempio. Se qualcuno me lo chiede dico che è stato un incidente, così chiudo il discorso. Tanto non capirebbero. Nei confronti dei suicidi ci sono sempre dei pregiudizi, come se uno se lo fosse cercato o se lo fosse meritato, non sanno cosa può esserci dietro» mi dice.

In un primo momento non usa il termine "suicidio" ma utilizza una curiosa perifrasi: «Mio fratello ha fatto un'altra scelta di vita». E poco dopo aggiunge: «Lo so che sto giocando con le parole, ma io preferisco comunque definirla così».

Lo capisco. Un sopravvissuto ha la necessità di adottare i termini che ritiene idonei. Deve trovare il modo di raccontare questa storia anche a sé stesso.

L'aspetto che mi colpisce di più del suo racconto è che il fratello, benché vivesse in un'altra città con moglie e figli, abbia scelto di tornare nella casa dei genitori per compiere il gesto.

Mi rivela che nei giorni seguenti la domanda che si facevano tutti era: «Perché l'ha fatto?».

La domanda di suo padre invece era: «Perché l'ha fatto *qui*?».

Chiedo a Nicola se lui sia stato in grado di darsi una risposta. Dice di sì e ne fa una questione pragmatica: «Penso abbia voluto risparmiare questo spettacolo ai bambini».

Torniamo a parlare del gruppo. Voglio cercare di capire quale sia il supporto principale che possa fornire, secondo la sua esperienza.

«In primo luogo, l'empatia, farti sentire che non sei l'unico a soffrire in quel modo» risponde senza esitazione.

Ci tiene però a precisare che chi frequenta il gruppo non prende solo qualcosa, ma lo restituisce. Che si tratta di uno scambio reciproco.

«Io stesso le prime volte che ho frequentato le riunioni pensavo che non mi servissero a niente, che non avessi nulla a che spartire con questa gente. Andavo agli incontri senza parlare mai, solo ascoltando gli altri. Poi ho capito che anche il semplice ascolto era importante. Me ne sono reso conto perché sentivo l'esigenza di tornarci. E alla fine non sono più andato via.»

Conclude con una frase che mi tocca nel profondo.

«Certe persone nella testardaggine del loro dolore non capiscono che possono dare qualcosa e dopo un paio di incontri se ne vanno. Non tutti sono pronti.»

La testardaggine del loro dolore.

Il non capire che anche la sofferenza è qualcosa che puoi condividere, ossia che puoi donare agli altri.

Quanto sono stato testardo io stesso per oltre due decenni?

Nei giorni seguenti ripenso al particolare del fratello tornato a casa del padre per togliersi la vita, e alla domanda (senza risposta) del genitore: perché qui?

Ha ragione Nicola quando dice che ha voluto risparmiare il trauma ai suoi bambini. La scelta del luogo è ponderata.

Il fratello ha scelto la casa della sua infanzia, quella dove già c'era stata la perdita di una madre, dove già c'era una familiarità, un'abitudine al dolore. Dove c'era qualcuno che avrebbe potuto accettarlo.

S. ha scelto di farlo a casa nostra perché in questo modo l'ha risparmiato alla madre. Sapeva che me ne sarei fatto carico io, e in seguito la sorella, i fratelli, che avrebbero in qualche modo protetto l'anziana donna (e così è stato). Un contenimento (minimo) delle conseguenze.

Si può vederla in due modi: ha voluto infliggerlo a me. Oppure: ha confidato in me, in nome dell'amore che ci aveva legato per anni.

Io sono stato il suo ultimo atto di fiducia nel momento in cui aveva perso fiducia in tutto il resto.

Devo propendere per questa seconda opzione. Non ho scelta. Non avrei potuto sopravvivere alla prima.

Quando Nicola dice che non ne parla con gli altri, coi colleghi, che non capirebbero, mi fa riflettere su un altro aspetto: perché anche io non ne parlo? Perché i colleghi, gli amici che ho conosciuto negli ultimi anni non sono a conoscenza di questa storia?

È vergogna?, mi chiedo.

No, non provo alcun imbarazzo sull'argomento. Non ho alcun timore di venire giudicato, né mi interessa quello che potrebbero pensare di S. (che comunque non hanno mai conosciuto).

Che cos'è allora? Che nome ha questo sentimento?

Reticenza? Discrezione?

"La cosa più importante è che non voglio vergognarmi della mia esistenza. Non voglio mentire a riguardo. Non ho scritto il libro per ferire qualcuno, ma la verità può far male."

A.M. Homes, *Why We Write About Ourselves*

Perché ho impiegato tanto a raccontare questa storia? Non ho una risposta e ne ho moltissime.

Mi verrebbe da dire che per cominciare uno deve raccontare a sé stesso la vicenda e non esistono parole univoche per farlo. È un racconto che cambia nel tempo, si evolve, trova nuovi termini e nuove forme, cresce. Matura con te.

I primi giorni uno deve raccontarselo, come prima cosa, appena apre gli occhi, al mattino. Questa è la tua realtà, adesso, ricordati cosa ti è successo.

È un ciclo REM invertito, nel quale l'incubo è il risveglio. Impieghi mesi solo per imparare a conviverci.

Quando sei impegnato a sopravvivere ti preoccupi poco di come comunicarlo all'esterno. Lasci agli altri l'impegno di capirlo. È una narrativa fatta di sottrazione, le lacrime trattenute, i silenzi sono i protagonisti da cui devono dedurre il resto della storia.

Per un po' ti sembra che non potrai mai superarlo. (Ti dicono di continuo "Vedrai che andrà meglio", ma che cazzo ne sanno loro? Non credi a nessuno.)

Quando poi, lentamente, lentissimamente, comincia ad andare meglio, quando intravedi un barlume di futuro, ti aggrappi a quello. E a quel punto la tragedia (quel marchio a fuoco che segnerà comunque tutta la tua vita) diventa un elemento da gestire, come un mobile al quale cambi continuamente posto nella stanza, riuscendo a posizionarlo talvolta anche in punti in cui puoi fare a meno di vederlo. Sai bene che c'è sempre, è lì, al tuo fianco, alle tue spalle, ma intanto puoi anche guardare fuori dalla finestra, guardare avanti.

Col tempo quel mobile ingombrante diventa anche più maneggevole, si riduce a dimensioni più agili da spostare, diventi esperto nel trattarlo. (Dico una mostruosità? Ti ci affezioni. Nel senso che impari a pensarci con una dose di benevolenza, di affetto.) Ti appare come uno dei tanti elementi della stanza, e non più il principale.

È un processo che dura anni.

Nel corso del tempo ho capito che (nel mio caso almeno) non solo varia la narrazione, ma anche la disponibilità a raccontare. Sono diventato reticente. Solo a qualcuno, solo in determinate circostanze.

Quando cominci a stare meglio, ti impegni per mantenere questa serenità. Ci lavori. Sai quanto puoi essere fragile e su quale superficie sottile ti stai muovendo. Devi proteggerti. Scegliere di non raccontare spesso, di non riaprire la ferita, è uno di questi modi.

Hai pena di te.

In me però convivono due anime, la persona e lo scrittore.
La persona affronta le cose in un modo, lo scrittore in un altro.
Lo scrittore è curioso, è morboso. Si fissa sui particolari, registra ogni cosa. Davanti all'abisso vuole guardare dentro, non salvarsi. È attratto dall'orrore. Si sente cavia e testimone.
Immagazzina la storia. La plasma, la lavora. Ci ritorna ossessivamente. La conserva.
Se c'è una cosa che ho imparato di me stesso, a proposi-

to della scrittura, è che ho bisogno di tempo. Devo mettere una distanza emotiva fra me e le cose. Quando scrivo una storia devo lasciarla chiusa in un cassetto per un certo periodo prima di tornare a rileggerla e capire se ha davvero un senso, un valore. Quando scrivo di me, delle mie esperienze, devo attendere mesi, anni, per poterle affrontare con il giusto distacco, con l'obiettività necessaria.

Era inevitabile che raccontassi il mio inferno portatile, quello che mi porto appresso da allora, ma capire quale fosse la distanza emotiva giusta è stato più complicato del previsto.

E non ho dunque una risposta, ma ne ho infinite.

Questo stesso libro è più facile da scrivere che da concepi-
re. Finché sono io qui in questa stanza che rievoco il dolore su una tastiera va bene, ha un senso. Ma dopo? Come si
gestisce una tale confessione?

La prima volta che ho parlato alla mia agente di questo
progetto, la sua domanda è stata: sei pronto?
Intendeva dire: pronto a consegnarlo al mondo esterno,
a parlarne in pubblico, a rispondere alle domande che ver-
ranno, ad affrontare le reazioni della gente, a fare incontri,
presentazioni, interviste, a considerare questo lavoro un libro, con tutto ciò che comporta?

E la risposta è non lo so. Non so se sono pronto. Ancora
adesso, sull'orlo dell'irrevocabile, non lo so.

Non mi vergogno di parlarne, ma sono consapevole della gravità che sto consegnando nelle mani di chi mi ascolta.
È come un dono al contrario: perché infliggerlo?

In tutti noi ci sono luci, ci sono ombre.
La mia non è solo un'ombra. È un'eclissi che può arrivare a oscurare tutto il resto.

"Ciò che appare più bizzarro nella nostra autobiografia è ciò che ci è accaduto veramente."

Steve Abbott

Un'altra cosa che faccio durante il lockdown, in questo momento di limbo assurdo, con un pianeta paralizzato dalla paura, il silenzio ovattato fuori dalla finestra anche in una metropoli come Milano, nel pieno dell'isolamento, è rispondere a dei segnali che intercettavo da tempo.

Sono venuto a sapere che uno scrittore che conosco, ma poco (ci siamo incontrati una volta sola in una fiera del libro), è anche lui un sopravvissuto. La moglie si è tolta la vita pochi mesi fa.

Non mi risulta che ne abbia parlato pubblicamente, ma ogni tanto, su Twitter, si lascia andare a brevi, laceranti confessioni.

Una volta ha scritto:
"Piango spesso, mentre guido questa macchina, con questo posto vuoto al mio fianco.

Altre volte canto con la radio o parlo con me, altre volte lancio un grido pieno di rabbia o di vita o di entrambe.

E la macchina comunque va avanti, come la vita."

Un'altra:
"Quando provi un grande dolore ti dicono: bisogna andare avanti. Ma, in realtà, bisogna andarci attraverso".

I suoi tweet mi appaiono come messaggi in bottiglia inviati a chi possa raccoglierli e io, oggi, sono uno di questi.

Penso che sia venuto il momento di sentirlo. Gli scrivo una mail.

Non so se la mia richiesta possa apparire come inopportuna, se si intrometta sfacciata in un momento di elaborazione del lutto ancora caldo, resa ancora più straniante dall'emergenza in corso.

Cerco di offrirgli l'opportunità di negarsi, gli faccio capire che posso giustificare come risposta anche un semplice No.

Invece lui mi scrive il giorno seguente una mail lunga, bellissima, che è confessione, racconto, condivisione.

Una lettera che mi riconosce come suo simile.

Dopo averla letta avrei il desiderio bruciante di infilarmi in macchina e partire, raggiungerlo nella sua città di mare, vederlo il giorno stesso e parlare fino a tarda notte. Vorrei che ci sfinissimo di parole, che ci confidassimo ogni sfumatura della disperazione, che mostrassimo ogni crepa che ci portiamo addosso. Ma non si può, c'è un decreto governativo, ci sono controlli per le strade, c'è un virus mortale che si aggira insidioso. Siamo forzati all'immobilità.

Allora la rileggo, questa mail. Due, tre, cinque volte. E mi sembra che le sue parole contengano già tutto ciò che potrebbe dirmi a voce.

Sulla sua incessante battaglia interiore:
"Non c'è bisogno che ti dica che lotto con enormi sensi di colpa.

Cosa non ho capito, cosa ho sbagliato, cosa potevo e dovevo fare, come sarebbe stata meglio senza di me, come ho fatto a fallire così io che dovevo proteggerla, proprio lei che mi riteneva la cosa migliore della sua vita, una benedizione.

Ma se lo ero, perché non sono bastato?"

Sull'unicità del sentimento che prova chi rimane:

"Per quanto le persone possano cercare di capire cosa provo, davvero solo io faccio i conti con questo peso enorme ed è difficile condividerlo e a volte, per non ammorbare gli altri, non ne parli, oppure le persone hanno paura a domandare e non ti chiedono niente e tu soffri perché pensi: ma possibile, non vi rendete conto di che cosa terribile sto passando?

Per mesi mi sono identificato con il mio dolore, mi sentivo come se le persone intorno, pure senza parlare, vedessero solo quello di me, 'quello la cui moglie si è tolta la vita, poveraccio', perché in effetti sono io a sentirmi così, la mia perdita ancora schiaccia tutto il resto, lo mette in un cono di ombra, mi priva anche dei ricordi delle cose belle."

Sulla speranza di poterlo superare un giorno e di trovare degli aspetti positivi anche in questa situazione:

"Spero che il tempo mi permetta di guardare con meno orrore e dolore a questa parte della vita, recuperando l'amore e la dolcezza e perdonando me e anche lei.

Chissà."

Capisco che le sue parole sono le mie. Sono quelle che ci diciamo tutti noi che abbiamo avuto in sorte questo destino.

Il copione che recitiamo a soggetto a chiunque voglia ascoltarci.

L'omelia del nostro privato calvario.

Fratelli, siamo qui riuniti.

Nelle mie ricerche in rete comincia a spuntare con una certa frequenza il nome di un docente di psichiatria dell'università La Sapienza, il dottor Maurizio Pompili. Anche il mio amico scrittore mi ha parlato di lui, decantandone l'impegno.

Pompili è responsabile del Servizio per la prevenzione del suicidio presso l'Azienda ospedaliera Sant'Andrea di Roma, l'unico presidio di questo tipo attivo in Italia. Al tema del suicidio ha dedicato alcuni libri e una lunga lista di articoli scientifici. Ci terrei moltissimo a incontrarlo, ma anche dopo la fine del lockdown si rivela un'impresa quasi impossibile.

Tengo i contatti con la sua assistente, Denise, con la quale cerco di fissare diversi appuntamenti, che però vengono poi annullati per i troppi impegni del professore.

Ci provo per alcuni mesi, finché rinuncio.

Ma quando ho ormai gettato la spugna avviene una svolta inattesa: Denise mi scrive dicendo che Pompili sta organizzando una conferenza virtuale sul tema del suicidio, me la sentirei di partecipare, come ospite?

Sarebbe la prima volta in assoluto in cui mi troverei a raccontare pubblicamente la mia storia, sebbene attraverso il monitor di un computer.

Me la sentirei?

Non lo so, ma rispondo di sì.

Giunti a questo punto, mentre sto scrivendo queste pagine, che senso avrebbe un no?

S. non era abituato a scrivere, ma ha lasciato messaggi per tutti. Come ho detto, decine per me.

Ha preso congedo dalla vita scrivendo.

Ho scoperto col tempo che esistono diversi studi scientifici sui biglietti lasciati dai suicidi. Si tratta in genere di analisi di tipo sociologico, atte a rintracciare i motivi più frequenti che sottendono il gesto.

Le note possono contenere accuse e rimostranze, confessioni, richieste di perdono, giustificazioni per i familiari, dichiarazioni di innocenza per crimini ingiustamente attribuiti, istruzioni pratiche e ultime volontà.

Mi chiedo se non esistano analisi letterarie su questo materiale: lo stile, la prosa, le parole ricorrenti. Come si scrive l'ultimo messaggio ai familiari, che è poi l'ultima traccia lasciata al mondo?

Uno studio su una tale poetica dell'addio.

(Vengo a sapere che esistono anche – rari – casi di congedi ironici.

Lo scrittore e regista francese Romain Gary, che si è tolto la vita con un colpo di pistola a letto, aveva studiato nei dettagli la messa in scena: aveva indossato una vestaglia rossa, perché si confondesse con il colore del sangue, diminuendone l'impatto visivo, e aveva messo un asciugamano sul cuscino per attutire il rumore e un biglietto sul comodino che diceva: "Non mi sono mai espresso così chiaramente".

Nei giorni precedenti al suo gesto estremo, Cesare Pavese aveva annotato diverse riflessioni sul tema. Fra queste spicca una poetica definizione: "I suicidi sono omicidi timidi". Timidi perché l'assassino si rivolge contro sé stesso, non fa male ad altri. Ma nella nota che lascerà sul comodino della stanza d'albergo, che scrive prima di ingerire dodici bustine di sonnifero, l'ultima frase, il congedo definitivo dal mondo, è un rimprovero bonario: "Non fate troppi pettegolezzi".

L'autore del celebre romanzo *Pesca alla trota in America*, Richard Brautigan, si è sparato nella sua casa in California dove viveva quasi in isolamento. Consapevole che il cadavere sarebbe stato rinvenuto diverso tempo dopo, aveva lasciato un biglietto con la frase: "Che casino, eh?".)

Ho poi partecipato al convegno virtuale organizzato dal professor Pompili. Ho raccontato la mia vicenda personale davanti a qualche centinaio di sconosciuti collegati. Era la prima volta che lo facevo pubblicamente, ma la modalità da remoto ha fatto sì che mi trovassi a parlare davanti alla microscopica telecamera di un laptop nella mia stanza chiusa. Di fatto, a parlare da solo. Come una prova generale nell'eventualità che debba farlo dal vivo in futuro.

Al termine del mio intervento diverse persone hanno commentato nella chat pubblica, parlando di coraggio e onestà. È andata bene, mi pare.

Lo stesso professore mi ha chiamato in seguito per ringraziarmi. E ha promesso che ci saremmo incontrati.

Il luminare solitario

Siamo a metà luglio e a Roma fa caldissimo. Sarebbe la giornata ideale per una gita al mare, non per fare colloqui in un ospedale, ma è oggi che dopo quasi due anni di tentativi il dottor Maurizio Pompili ha accettato di vedermi.

Quando finalmente raggiungo l'ospedale Sant'Andrea, dove si trova il Servizio per la prevenzione del suicidio che Pompili dirige, mi fermo qualche minuto nell'atrio per acclimatarmi alla frescura. E forse anche per prepararmi mentalmente a ciò che mi aspetta.

Per arrivare alla sede dell'istituto devo attraversare dei corridoi, prendere un ascensore, scendere due piani sotto terra e seguire una serie di cartelli, ma per sicurezza mi riascolto anche le istruzioni che l'assistente del dottore mi ha mandato con un messaggio vocale. Giungere fin qui, dopo aver viaggiato su due autobus diversi e aver affrontato i labirinti di un ospedale, mi fa sentire come se avessi superato con successo i livelli di un videogioco.

Si potrebbe pensare che una persona che nella vita sceglie di occuparsi di suicidio lo faccia sulla base di un'esperienza diretta, personale. Nel caso del dottor Pompili, sebbene lo credano in tanti, non è così. Da studente si è avvicinato all'argomento grazie a un corso, ma poi la sua scelta è stata dettata dall'empatia.

È la prima cosa che mi racconta. È un uomo piccolo e magro, con il viso affilato disegnato da un pizzetto e un paio di occhiali sottili. Mi guarda dritto negli occhi mentre mi parla, seduto all'altro lato della scrivania.

«Ho capito che la mia storia di vita, fatta di grande dolore, di grande travaglio emotivo, in qualche modo mi accomunava ai soggetti che pensano al suicidio. Quel tipo di sofferenza mentale è qualcosa che ho provato anch'io, quindi potevo avvicinarmi a questi pazienti e forse cercare di aiutarli.»

Mi disarma la disinvoltura con cui me ne parla. Quando gli ho chiesto come fosse arrivato a scegliere questo ambito mi aspettavo una risposta professionale, non intima. Però certi limiti, certi pudori, devono apparire privi di senso a chi è abituato come lui a occuparsi ogni giorno di dolore intenso.

«Certo la compassione non basta, serve molto altro: farmaci, psicoterapia, competenza scientifica, ma credo che la componente umana possa fare la differenza.»

Infatti.

Gli domando come mai di suicidio ancora oggi si parli pochissimo, anche in ambito medico e scientifico. Mi spiega che le cose stanno lentamente cambiando, anche come approccio: «Il suicidio è sempre stato spiegato come sintomo di un disturbo mentale, in realtà è un fenomeno molto più complesso. Prima si pensava banalmente che chi voleva suicidarsi fosse depresso, e che quindi andasse curato con un antidepressivo. Ma non è così: molti depressi non arrivano a pensieri di morte, invece chi ci pensa è vittima di un dolore mentale costante, di un senso di fallimento, di angoscia, di sofferenza anche fisica, di un dialogo incessante con sé stesso... e il suicidio si presenta come la migliore soluzione per uscire da quello stato. Più che il desiderio di avvicinarsi alla morte, è il tentativo estremo di allontanarsi da un dolore psicologico divenuto insopportabile. Se questo dolore potesse essere alleviato, o eliminato, si ritroverebbe la voglia di vivere. Oggi cerchiamo di affrontare il problema in quest'ottica».

Anche se ho inseguito a lungo questo nostro incontro non

mi sono preparato delle domande precise. Non ho nulla, neppure un foglietto con degli appunti con me. So di avere fin troppe cose da chiedergli, ma mi viene spontaneo partire da qualcosa di personale, come del resto ha fatto lui con me. Gli racconto che quando ho dovuto affrontare la perdita di S. avevo provato a cercare qualche forma di supporto, ma non avevo trovato nulla, e che facendo ricerche per questo libro trovo ancora molto poco. Mi sembra che in Italia le uniche realtà che esistono vengano messe in piedi proprio da chi ha vissuto questo dramma sulla sua pelle. Che siano, in pratica, iniziative personali.

Lui me lo conferma. Mi dice che quando ha cominciato a lavorare in questo ambito, nel 2005, c'era davvero poco o niente. E che quello che sono riusciti a fare in questi vent'anni l'hanno fatto con fatica e senza altre risorse se non quelle personali.

Nel corso delle mie indagini di questi mesi mi sono reso conto che la singolarità del lavoro che Pompili sta portando avanti è tale che lo ha reso, forse suo malgrado, il riferimento principale di ogni iniziativa di questo tipo. Chi sceglie di fondare gruppi di aiuto o associazioni finisce per rivolgersi a lui. Anche perché non trova altro. Grazie al suo supporto, adesso esistono una serie di associazioni sparse a macchia di leopardo sul territorio italiano, dalla Calabria alla Puglia sino al Piemonte. Sono gruppi che hanno una decina di membri, quando li hanno.

Nel suo studio c'è una cartina dell'Italia punteggiata da pezzetti di nastro adesivo colorato che segnalano ogni città nella quale sia presente uno di questi gruppi. Sono genitori che hanno perduto una figlia adolescente e che ora vanno nelle scuole a parlare di prevenzione, figli con un padre o una madre che si è tolto la vita e organizzano giornate di sensibilizzazione sul tema. Ma come mai si può contare solo su queste opere di volontariato personale e non ci sono investimenti seri, per esempio da parte delle istituzioni?

«Si investe ancora pochissimo, ma non solo in Italia, ovunque. Un po' per una sorta di rimozione collettiva, un po' perché non si è mai pensato di prevenire il suicidio, se non in tempi recenti. Nel corso dei secoli è stato descritto, raccontato, condannato, ma mai prevenuto.»

Riconosco che prevenire sia fondamentale, ma rimane un altro problema, ossia l'assistenza ai familiari delle vittime, a coloro che restano. Su questo Pompili però è sconfortato: «Ancora è difficile avere dei servizi specifici per la prevenzione del suicidio. Averli per i *survivors* è un traguardo lontanissimo. Anzi, al momento non ci sono neppure dei protocolli veri e propri che indichino come aiutare queste persone».

L'enorme bisogno che i sopravvissuti hanno di confronto e di consolazione rimane disatteso. Per questo, mi racconta, c'è anche chi compie lunghi viaggi, prende voli, treni, alberghi, solo per far visita al centro. Lui è sempre colpito da questi sforzi. «Tutto quello che possiamo fare è ascoltarli, e vorremmo poter offrire di più.»

Pompili e i suoi collaboratori forse possono sorprendersi, io no. Se questa risorsa fosse esistita oltre vent'anni fa, anch'io avrei attraversato l'Italia per raggiungerla, ne sono certo. In fondo, se sono qui oggi, non è solo per fare domande, ma per parlare con qualcuno in grado di capirmi, anche se con decenni di ritardo.

C'è così poco che possa portare consolazione ai sopravvissuti, che un ascolto professionale può essere un aiuto importantissimo. Lui lo sa bene: «Potersi confidare con qualcuno in grado di accogliere la loro storia e che ha anche gli strumenti scientifici per comprenderla è già una forma di catarsi per molti. Noi possiamo rispondere a domande che altrove non avrebbero potuto porre. Facendo capire loro come agisce e come ragiona un suicida dissipiamo dei dubbi, forniamo un sostegno».

Perché allora c'è un istituto del genere solo qui, in tutta Italia?

«Perché è fondato sulla persona» ammette.

In altre parole, questo centro esiste solo perché c'è lui, che ha avuto la volontà di aprirlo e la tenacia di portarlo avanti. Non si trovano molti psichiatri disposti a prendersi tutte le responsabilità che comporta un paziente a rischio suicidio. «È una situazione che crea ansie notevoli» mi dice, «che non tutti sanno gestire.» E purtroppo anche la preparazione latita. «Questa è una facoltà particolare perché ci sono io: i miei studenti studiano questo argomento, ma nelle altre facoltà se ne parla raramente, se non mai.»

Mi guardo intorno. Siamo nei sotterranei dell'ospedale. Lo studio del professore è una stanza senza finestre che deve ricorrere alla luce artificiale anche in piena estate. Azzardo una battuta: questa stessa collocazione sembra una forma di rimozione.

Pompili ride per la prima volta da quando è iniziata la nostra conversazione. «Ah, no. Questo è il destino di tutta la psichiatria, non solo di noi che ci occupiamo di suicidio. Ci mettono sempre nei sotterranei! Però le faccio vedere una cosa.»

Si alza e si avvicina a una serie di ritratti fotografici in bianco e nero che ha appeso sulla parete accanto alla sua scrivania. «Questi sono Edwin Shneidman, Norman Farberow e Robert Litman, grandi psichiatri americani, padri dei moderni studi di suicidologia. Hanno dato vita al primo centro per la prevenzione dei suicidi al mondo, a Los Angeles, negli anni '50. E anche loro erano nel *basement* di un ospedale.» Ossia, in cantina.

Si comincia dal basso, dunque. E anche se è una strada in salita, per fortuna qualcuno ha deciso di percorrerla.

La cassa d'acqua.

Il particolare più straziante nel ricordo, che non rivelo a nessuno, che ho sempre tenuto per me.

C'era una cassa d'acqua accanto all'ingresso, sulla destra. Sei bottiglie avvolte nella plastica.

S. ha appeso la corda lì sopra.

Nel momento dello strappo, degli spasmi, avrebbe potuto allungare un piede, appoggiarlo sulla cassa, e si sarebbe salvato.

Era lì, a pochi centimetri da lui. La sfiorava letteralmente.

Non ha voluto salvarsi. Neanche all'ultimo secondo. Neanche potendo.

Sono trascorsi pochi mesi dalla morte di S. e a una festa conosco un ragazzo bolognese. Me lo presenta un amico comune e io mi fermo a parlare con lui, che qui non conosce quasi nessuno.

Ci parlo senza vederlo.

Da quando è successa la tragedia non mi rapporto agli uomini in termini di attrazione o interesse. Non ci penso proprio. Dimentico i volti, i nomi. Mi attraversano senza lasciare traccia. L'ipotesi di conoscere gente nuova, instaurare relazioni, mi appare probabile quanto l'idea di imbarcarmi su una spedizione lunare: fantascienza.

Il bolognese è simpatico e ci chiacchiero volentieri. Almeno il tempo trascorso con lui mi evita formalità di circostanza con altri.

La conversazione procede su un terreno innocuo di gusti musicali condivisi, di ultimi film visti, di che bella Bologna, il Cassero, i portici, finché, con uno scarto di intimità imprevedibile, lui mi confida: «Due anni fa il mio migliore amico si è suicidato. Per me era come un fratello. Da allora sto malissimo».

Sono incredulo.

È la prima volta che incontro qualcuno che abbia vissuto un'esperienza come la mia e che ne parli apertamente.

«Il mio ex si è impiccato pochi mesi fa» dico.

Siamo due sopravvissuti che si sono appena incontrati in quest'isola deserta di gente intorno che beve, ride e balla.

Ora ci vediamo.

Ci vediamo per davvero.

Ci *riconosciamo*.

«Allora tu sai cosa sto attraversando.»

«Perfettamente.»

Trascorriamo il resto della serata a discorrere fitti. Ci raccontiamo tutto delle nostre personali tragedie, anche quei particolari che di solito agli altri nascondiamo, per discrezione o per vergogna. Fra noi non ha senso alcuna reticenza.

Parlare con lui è meglio di qualsiasi terapeuta, qualsiasi sensitiva.

Finalmente qualcuno che mi capisce senza dover spiegare nulla.

Il bolognese si chiama Alberto.

È a Milano per il weekend ospite dall'amico che me l'ha presentato. Domani pomeriggio rientra.

Al momento di salutarci dice: «Non ci siamo neanche scambiati il numero».

E non lo facciamo, tanto sappiamo entrambi come procurarcelo.

Il lunedì sera mi telefona.

«Io voglio rivederti» dice.

A me viene naturale rispondere: «Anche io».

Lo raggiungo a Bologna il sabato successivo. Riprendiamo a parlare là dove ci eravamo interrotti.

«È come un neon perennemente acceso. Gli altri possono spegnerlo, tu no. Resterà acceso per sempre e a poco a poco la luce si affievolirà, o tu comincerai semplicemente ad abituarti, che è poi la stessa cosa. E quello che sembrava mostruoso e intollerabile all'inizio entrerà invece a far parte della tua realtà quotidiana e gradualmente finirai per accettarlo.»

Un neon perennemente acceso: nessuno mi aveva dato un'immagine tanto precisa di ciò che stavo provando.

Non mi offre consolazione, Alberto. Mi offre scenari credibili. Mi indica le orme di chi ha già percorso il cammino.

Alberto ha tre anni più di me. I capelli corti, la barba. Un corpo massiccio. Adesso si occupa di vendite, ma prima ha lavorato a lungo in una grossa radio locale, come regista e come DJ. Mi accorgo che ha la voce perfetta per quel lavoro. Forse i suoi discorsi hanno una tale risonanza dentro di me anche per il tono, placido ma sicuro, con cui mi racconta le cose.

Mi dice che una volta una ragazza ha perso la testa per lui solo ascoltandolo per radio. Che ha cominciato ad attenderlo sotto la sede, a portargli regali. Di come sia stato imbarazzante dover rifiutare quel corteggiamento gentile e determinato.

Capisco la ragazza. Il fascino della sua voce calma, profonda. Solo ascoltarla mi placa.

Quando mi riaccompagna in macchina in stazione, al momento di salutarci, ci baciamo.

La sera dopo mi chiama.

«Non devi dire niente, ma sappi che mi sto innamorando di te.»

Non devo dire niente, ma dico: «Grazie».

Come può qualcuno innamorarsi di me mentre sono in questo stato? Ma è come se lui mi vedesse attraverso e al di là.

Il fine settimana seguente ha prenotato una camera in albergo.

Passare la notte con lui significa ricominciare a fare l'amore con una persona.

Mi chiedo se ne sarò capace.

Scopro di esserlo. In un modo o nell'altro.

Scopro anche che è paziente. Che metteva in conto di doverlo essere.

Cominciamo così a frequentarci.

Lo raggiungo io a Bologna, nei fine settimana. Mi mostra la città, mi fa conoscere i suoi amici, facciamo passeggiate sotto i portici e passiamo pomeriggi interi nei negozi di dischi, una delle passioni che abbiamo scoperto di avere in comune.

Più conosco Alberto e più mi piace. Me ne rendo conto, ma la mia testa è troppo spesso altrove e il mio cuore un organo rattrappito, scuro e inviolabile.

Questi stessi weekend sono un terno al lotto. Certe volte riesco a trovare una parvenza di serenità, altre invece è un disastro, lo costringo a stare delle mezzore in macchina mentre mi abbandono a un pianto disperato, senza neppure un motivo preciso, una ragione scatenante.

Anche nell'intimità fra noi sono a corrente alternata, con momenti in cui arrivo a lasciarmi andare e altri in cui mi risulta impossibile.

Malgrado questa schizofrenia emotiva, non so come, andiamo avanti.

Ogni tanto è Alberto a venire a Milano per stare con me.
Il che vuol dire stare con me in quella casa.
Quanti ne avrebbero avuto il coraggio?
Lui però non si spaventa. Non ha paura del buio, perché lo conosce da vicino. Lascia che io affronti il mio dove ho scelto di affrontarlo.

Non immagina quanto lo ammiri per questo.

La prima volta che andiamo al cinema scegliamo un terreno neutro (un film di fantascienza). Niente storie d'amore, niente storie drammatiche, niente di troppo romantico, niente di troppo realistico.

Spazio, alieni, misteri, avventura: sulla carta una scelta sicura.

E invece (che perfidia, il destino) circa a metà della storia ecco che uno dell'equipaggio spaziale va in crisi, è turbato, sta male. Gli altri si accorgono della sua scomparsa, lo ritrovano nella sua stanzetta. L'inquadratura mostra solo i suoi piedi che penzolano dall'alto.

Sento che Alberto al mio fianco si è paralizzato.

Mi dice: «Andiamo via».

Io sono immobile, le mani che stringono i braccioli come se la poltroncina stessa potesse essere sparata nello spazio da un momento all'altro.

Lo shock della scena su di me è forte e nullo al contempo.

«Usciamo» insiste.

«No, ormai è passata» dico io. Ed è vero, il film è già andato oltre (alieni da combattere, emergenze stellari).

«Sei sicuro?»

Lo sono. Lo schermo non ha fatto altro che ricordarmi ciò a cui penso di continuo. Niente di sconvolgente.

Alberto è più scosso di me. Povero. Voleva distrarmi, voleva regalarmi un paio d'ore di altrove.

«Davvero, non c'è problema» lo rassicuro.

Neppure lo spazio è una distanza sufficiente. Ci sono echi della mia personale tragedia anche a distanze siderali.

Lo schermo sembra chiedermi: dove volevi scappare, scemo?

Londra va sempre bene. Ogni volta c'è qualcosa di nuovo e interessante da fare, ho anche qualche amico che ci abita. E poi i teatri, i mercatini, i negozi di dischi, le librerie. Una settimana a Londra è una vacanza perfetta. Quando Alberto me l'ha proposta ho accettato volentieri.

Credevo che arrivato lì avrei trovato le energie necessarie, che l'atmosfera vibrante della città mi avrebbe contagiato. E poi ero con Alberto, la nostra prima vacanza insieme.

Mi illudevo. Volevo illudermi.

Fare il turista comporta volontà, interessi. Atterrato sul suolo britannico mi sono accorto di non avere né l'una, né gli altri.

Ero capace di assecondare, ecco. Alberto proponeva un salto a Camden e io lo seguivo, come un'ombra, tra le bancarelle. Di prendere un hamburger nel diner al centro di Soho e io accettavo, per poi mangiare un terzo del mio e piluccare tre patatine fritte. Lui parlava, commentava le cose, entrava nei negozi, sceglieva di attraversare un parco. Io ero al suo fianco, silenzioso, mesto.

Gli sforzi che faceva per rallegrarmi erano vani. Cercava di essere entusiasta lui per due. Compensava il mio nulla.

La sensazione che provavo era quella di trascinare una zavorra. Come se gli abiti mi pesassero, inzuppati di buio, e dovessi sforzarmi di staccare ogni passo da terra.

Credere che potessi affrontare un viaggio, una vacanza in due, era stato un madornale errore.

La pioggia, il sole. I ristorantini. Destreggiarsi fra una linea e l'altra della metro. Sdraiarsi sull'erba a Primrose Hill con le grida dei bambini che ci scorrazzavano accanto.

La fatica, era tutto una fatica. Lo spettacolo del tramonto, un altro sforzo.

Un pomeriggio, nel tentativo estremo di scuotermi, mi ha detto di seguirlo senza svelarmi dove volesse portarmi. Siamo arrivati al laboratorio di un tatuatore. Eravamo passati lì davanti un paio di giorni prima. In vetrina erano esposti quadri con disegni elaborati, teschi d'argento e cinturini con le borchie, foto incorniciate di cosce e avambracci tatuati, pergamene con ideogrammi giapponesi, gioielli di metallo e due ali d'angelo spalancate: un intero immaginario posizionato su velluto rosso. La scritta adesiva "Tattoo Studio" in caratteri anni '30 occupava da sola metà del vetro. Alberto si era fermato a osservare affascinato l'armamentario, ma pensavo fosse una semplice curiosità. Ora invece stava svelando la sua intenzione: «Voglio farmi un piercing al capezzolo destro».

L'ho guardato stupito. «Sei pazzo.»

«Ma no, è tanto che ho questo desiderio. Lo faccio qui, così sarà un ricordo di questo viaggio.»

Era un gesto romantico, nella sua violenza.

Ho lasciato che entrasse da solo. Non me la sono sentita di accompagnarlo dentro, di assistere.

Non gli ho concesso neanche questo.

Il dolore rende egoisti. Rende stupidi. Esistiamo solo io e il mio strazio. Non chiedeteci niente.

La sera stessa del piercing, in camera, Alberto ha riconosciuto di aver raggiunto il limite.

«Io non ce la faccio più. Credevo che una vacanza ti avrebbe fatto bene. Invece sei troppo distante. Sei perso, con la testa altrove, sempre. Che io sia qui al tuo fianco o meno non cambia nulla. Quando siamo per strada non ti guardi neanche intorno, vai avanti con la testa bassa come se dovessi andare al lavoro. E quasi non parli.»

Aveva ragione. Aveva ragione su tutto.

«Lo so che non è colpa tua, ma io ho esaurito le mie forze. Andare avanti così non ha senso: lasciamoci.»

La prima sensazione, quando ha proposto di lasciarmi, è stata di sollievo. Non dover più fingere di sorridere, non dover più andare in giro per la città a vedere cose, a interpretare il ruolo forzato del visitatore in viaggio di piacere. Tornare liberamente ai miei tormenti.

Sì, grazie, sì.

Gli ho dato ragione, andare avanti così non aveva senso.

Non è stata una lunga discussione. Non che ci fosse molto da dire.

Poi è successo qualcosa.

Alberto si è addormentato, stremato.

Io non ho chiuso occhio.

Seduto, a letto, al buio, la luce dei lampioni che penetrava dalle persiane, i nostri vestiti appoggiati sulle sedie, il rumore del traffico notturno in strada. E io che riflettevo e che capivo.

Capivo con una chiarezza di visione assoluta che mi trovavo davanti a un bivio: da un lato abbandonarmi di nuovo al dolore, farmi avvolgere dalla coperta ormai familiare del malessere, quello strato annebbiante che da mesi mi separava dal mondo, collocandomi in un luogo dove niente e nessuno riusciva a raggiungermi; dall'altro lui, la vita. Il futuro.

Mi sono chiesto cosa volessi.

Mi sono chiesto: vuoi continuare a vivere?

Li sentivo i tentacoli della disperazione che mi sfioravano, mi lusingavano con la loro bava nera, mi avvolgevano caldi e rassicuranti, siamo noi, i tuoi compagni di questi ultimi mesi, ci senti?, ci riconosci?, siamo il tuo quotidiano, il tuo standard.

Siamo la tua realtà.

Mi sono chiesto, di nuovo: vuoi continuare a vivere?

E mi sono obbligato a rispondere.

La mattina dopo, quando si è svegliato, gli ho detto questa frase assurda: «Aspetta un altro giorno a lasciarmi».

«Cosa cambia?»

«Sono cambiato io.»

Aveva l'aria di una promessa senza fondamento (chi è che cambia in una notte?), di un inganno last minute. Ma eravamo in una città straniera con ancora uno scampolo di vacanza da trascorrere e tanto valeva passare insieme il tempo che restava.

Ha acconsentito, senza convinzione.

Ma era vero. Io ero cambiato.

Mi ero detto basta.

Il giorno in più che Alberto mi ha concesso si è prolungato per ventidue anni. Si sta prolungando tuttora.

Mentre non lo stavo cercando affatto, mentre ero nel mio stato peggiore, ho trovato l'uomo della mia vita.

Penso spesso a tutto il dolore che ha dovuto sobbarcarsi Alberto in quei primi mesi, lui che stava uscendo dal suo e ha dovuto accollarsi il mio.

Una storia nata dai lutti, il suo che sfumava e andava a sovrapporsi al mio che cresceva.

Ha scelto di stare accanto a me, ai miei pianti, al fantasma di uomo costantemente evocato in una mitologia personale forgiata dai sensi di colpa e dai rimpianti.

Mi chiedo come abbia potuto sopportarlo.

Perché la nostra storia sembrava il negativo di una pellicola: al posto dell'entusiasmo e della gioia dell'innamoramento, c'erano le lacrime e le crisi. Il piombo al posto del gas esilarante dei primi baci, dei primi appuntamenti, delle prime notti insieme.

Stavamo anche bene, certo, ma con degli sforzi enormi da parte di entrambi. Equilibristi instabili sui propri cumuli di sofferenza personale.

La felicità fra noi due era una prospettiva. Un giorno, forse.

E poi, è arrivata.

Non si guarisce.
Non si smette di soffrire.
Non ci si perdona.
Non ci si salva.

Si sceglie di.

È possibile davvero che uno dica basta, basta soffrire, adesso ricomincio a vivere?

A me è successo così. Come premere un pulsante On/Off. Ho premuto On e si sono riaccese le luci.

In quella notte a occhi spalancati ho capito di essere giunto al confine.

Da mesi mi stavo struggendo sulla sofferenza di S., sul percorso che l'aveva portato verso l'irreparabile. Sulla mia incapacità di salvarlo. Andavo a elemosinare alle sensitive un responso, volevo sentirmi dire che il suo tormento era terminato, finalmente, e per sempre.

Mi accanivo sul suo diritto alla felicità, dimenticandomi che potessi averne diritto anche io.

Forse tutti noi abbiamo un limite. Io l'avevo raggiunto. Oltre c'era solo l'abisso. C'era la rinuncia alla vita.

L'uomo che ora dormiva al mio fianco era una persona meravigliosa al punto da starmi vicino nel mio periodo più cupo, di essere innamorata di me mentre io ero incapace di alcuna forma di romanticismo. Di amarmi al mio peggio.

Non ero stato in grado di riconoscere neanche questo.

Era venuto il momento. Ora o mai più.
Il momento di salvarmi.

"Capita a me come capita a tutti. Di non essere in sé per diversi mesi. Quando si torna in sé ci si può riaccogliere. Ci si può dare il bentornato a casa."

Heidi Julavitz, *Tra le pieghe dell'orologio*

Cambiare dimensione

Francesca Jaks Gaffuri irradia qualcosa. L'ho percepito fin dalla prima volta che l'ho vista in un video on line, e me lo conferma lo sguardo luminoso e brillante con cui mi osserva ora.

Se mai fosse possibile affrontare una tragedia familiare con positività, lei ne sarebbe la dimostrazione.

La sua è una storia pubblica. Il 5 ottobre 2011 il campione della nazionale di hockey svizzera Peter Jaks si è suicidato, gettandosi sui binari nei pressi della stazione di Bari Santo Spirito. Si era allontanato tre giorni prima dalla sua abitazione di Bellinzona, annunciando che sarebbe andato a trovare la madre nella Repubblica Ceca. Invece si è diretto in Italia, girovagando senza una meta precisa, fino al momento in cui si è tolto la vita in Puglia.

Francesca era la sua ex moglie. Assieme avevano tre figlie.

Dopo dieci anni, lei ha voluto raccontare pubblicamente la vicenda in un'intervista molto personale durante una diretta alla radio svizzera. È dopo aver ascoltato quell'intervento che ho deciso di contattarla. Lei ha accettato subito di incontrarmi.

Ci vediamo a pranzo in un ristorante di Locarno, in una piacevole giornata dal clima mite. Già al telefono mi ha detto che potrò chiederle quello che voglio, e io non mi faccio scrupoli: il suo sorriso mi autorizza alla libertà.

All'inizio cerco di farmi spiegare quanto fosse famoso

Peter e capisco che lo era parecchio. È stato un grande atleta e l'hockey in Svizzera è uno sport molto popolare. Era celebre e ammirato, tanto dai tifosi quanto dai ragazzini.

«Ti confesso che ogni tanto era anche pesante per me che venisse riconosciuto ovunque, per strada, al ristorante quando stavamo cenando con la famiglia» dice Francesca. «I fan irrompevano di continuo nel nostro privato, era inevitabile.»

Quando ha smesso di giocare è diventato direttore sportivo di una squadra, ma poi ha perso il lavoro. Malgrado fosse un uomo molto intelligente e parlasse sei lingue, sembrava non riuscire a trovare una nuova collocazione nel mondo dello sport e questo l'ha mandato profondamente in crisi. Aveva anche cominciato a giocare d'azzardo.

Sebbene fossero già divorziati da tre anni, Francesca aveva notato il suo malessere, capiva che aveva bisogno di aiuto. Gli ha fornito i contatti di uno psicoterapeuta e di un numero verde attivo in Ticino per aiutare chi è dipendente dal gioco. Lui le ha assicurato che sarebbe andato dallo psicologo.

«Qualche tempo dopo mi ha scritto un messaggio: "Ho appuntamento il 12 ottobre". Ma il 5 ottobre era in Puglia e...»

Non termina la frase, non ce n'è bisogno. Invece mi racconta del legame complesso che esisteva fra loro: «Quando ti separi, lo fai perché non è più presente il sentimento che lega un uomo e una donna, ma ciò non toglie che io continuassi a provare un forte affetto per lui, fosse anche solo per i momenti meravigliosi che avevamo passato insieme. Ci siamo amati a lungo».

Le chiedo cosa abbia provato quando si è suicidato.

«Un sentimento altalenante fra l'abbandono, il tradimento e la tristezza. Mi si è spezzato il cuore al pensiero che fosse così solo da non poter accettare l'aiuto di nessuno, ma c'era anche la rabbia, perché in fondo mi trovavo a pagare il prezzo di una scelta che non avevo fatto io. Penso che due persone con dei figli in comune conservino un filo che le lega per sempre: ecco, ho sentito che lui aveva troncato questo filo senza chiedermi il permesso.»

L'immagine del filo troncato in maniera univoca mi appare illuminante. Posso solo immaginare come la presenza di figli renda tutto ancora più stratificato e complesso da affrontare.

Francesca ha intuito che le sue ragazze dovevano provare un dolore più forte del suo. Intanto perché erano molto giovani (ventun anni la più grande, quindici la più piccola) e poi perché un gesto così violento le aveva sicuramente scioccate. Allora si è data un obiettivo: che potessero tornare ad avere una vita normale e che questa esperienza dolorosa finisse per essere parte del loro bagaglio esistenziale, senza schiacciarle.

Un'impresa titanica, ai miei occhi.

Lei, invece, dice che la responsabilità per la loro felicità in un certo senso l'ha aiutata, perché le ha fatto trovare la forza di reagire per soccorrerle. «E tre sono tante» ammette.

«All'inizio le ragazze erano arrabbiate e costernate, provavano una sensazione fortissima di abbandono, come se non valessero niente per il loro papà. E far capir loro che non era così è stato un lavoro immane. Io sono convinta che lui l'abbia fatto per salvaguardarci, perché giocava, beveva, e la cosa era destinata a degenerare. Penso che abbia voluto risparmiarlo alle sue figlie.»

Francesca mi appare lucidissima, come qualcuno che abbia analizzato la situazione in ogni suo aspetto, e a lungo. Forse è anche per questo che mi sento così a mio agio con lei, una sconosciuta che ho invece la sensazione di conoscere da sempre.

I camerieri interrompono i nostri discorsi depositando piatti e portandoli via, ma è come se fossero ologrammi nel nostro perimetro. Anche il cibo è un puro dettaglio. Mangiamo quasi senza accorgercene. Ci troviamo su un altro piano di realtà seppur seduti qui, a questo tavolo, con le forchette in mano.

Quello che rende la sua situazione peculiare però è la notorietà del marito. Le domando cosa abbia significato affrontare un dolore come questo, che è profondamente privato, in pubblico.

Francesca sospira. Ho toccato un tasto dolente.

«Sentire i giudizi degli altri in un momento in cui sei già parecchio vulnerabile fa molto, molto male. Alle mie figlie capitava di ascoltare in TV commenti negativi e storie false sul loro padre, e dovevano accettare anche questo. Ho sempre detto loro: "Noi non dobbiamo vergognarci di nulla, perché non è colpa di nessuno, quindi dovete imparare ad accogliere il dolore, che fa parte della vita, e capire che la nostra famiglia ha cambiato dimensione ma rimane una famiglia. Siamo sempre noi cinque".»

Questa donna non smette di stupirmi. Dopo una separazione e un suicidio, non so in quanti riuscirebbero a considerare la propria "una famiglia che ha solo cambiato dimensione". È un punto di vista di una maturità straordinaria. Ma per Francesca il senso vero dell'amore deve essere questo.

A rendere possibile il nostro incontro è stata la scelta di entrambi di parlarne pubblicamente. So bene che una simile decisione comporta dei tempi. Due decenni, nel mio caso, uno nel suo. Eppure mi appare quasi paradossale che lei abbia taciuto allora, quando i media facevano illazioni e pubblicavano falsità sul conto dell'ex marito, e che proprio ora che forse questa storia poteva essere dimenticata, abbia deciso di parlarne.

«Adesso è molto diverso per me, emotivamente. Ma l'ho fatto soprattutto perché penso che la morte di Peter possa essere d'aiuto per qualcun altro. Questo è il mio unico scopo. Quando ti trovi in una situazione del genere e senti qualcuno che l'ha vissuta nel tuo stesso modo, ti può essere talmente d'aiuto che sarebbe una colpa non fare nulla.»

È quello che mi ha spinto a scrivere questo libro e quindi non potrei essere più d'accordo.

Ma oggi che sentimenti ha verso Peter?

«Per lui provo solo un grande amore, e mi sento in pace. In totale pace. Da questa cosa ho imparato tantissimo. Magari può sembrare assurdo, ma è stata anche un'opportunità di crescita: io non sono più la donna di dieci anni fa, sono molto meglio, e le mie figlie oggi sono tre donne meravigliose e sono convinta che aver affrontato una situazione così difficile possa aiutarle in futuro. Se la vita dovesse metterle in ginocchio di nuovo, saprebbero dove andare ad attingere la forza per reagire.»

Vorrei che ci fosse un'intera platea di sopravvissuti qui con me ad ascoltare Francesca, a prendere esempio, e forza, dalla sua positività.

Intanto il nostro pranzo è finito. Abbiamo mangiato su una terrazza che sovrasta il lago di Locarno, ma fino a questo momento abbiamo quasi ignorato il panorama. Mentre prendiamo il caffè ci concediamo di osservarlo. Francesca mi indica dei punti verso la costa e cerca di farmi capire la zona dove abita.

Poi mi riaccompagna in stazione.

Sono venuto in Svizzera per trascorrere poco meno di due ore con lei, ma sono felice di averlo fatto.

Il mio diretto per Milano è già pronto al binario. Io sto ancora pensando alla sua ultima risposta. All'idea, per alcuni certamente inconcepibile, che una tragedia come un suicidio possa essere intesa come un'opportunità di crescita e di miglioramento.

Prima di salire sul treno le pongo quest'ultima domanda: «Se potessi rivolgerti a chi è sopravvissuto da poco al suicidio di qualcuno che ama, che sta vivendo il dolore della perdita proprio in questo momento, cosa gli diresti?».

«Che bisogna affrontare le cose una per volta. E essere indulgenti con sé stessi: se non si riesce a fare qualcosa oggi non fa niente, si farà domani.

Gli direi di non vergognarsi, perché provare vergogna per qualcosa di simile è assurdo.

Gli direi anche di farsi aiutare, di non aver paura di passare attraverso il dolore.

E infine gli direi di avere fiducia, che la luce torna e si può vivere bene anche dopo, e anzi può rimanere qualcosa di bello.

Il suicidio è ancora un grande tabù. E invece dobbiamo parlarne, lo dobbiamo alle vittime: non solo a chi si è tolto la vita, ma anche a chi è rimasto. Perché nessuno di loro lo ha scelto e nessuno dà loro una mano. Persone come me e te devono approfittare della propria storia e condividerla con chi ne ha bisogno.

Se riuscissimo ad aiutare anche solo una persona, non sarebbe fantastico?»

Ed è a questo punto che ci abbracciamo.

Ho cominciato a scrivere questo libro nella mia testa oltre vent'anni fa. Nei mesi successivi alla morte di S. cercavo le parole per mettere ordine al caos che mi aveva investito, dargli una forma, una struttura. Un lutto in forma di romanzo.

Concepivo mentalmente un libro per spiegare a cosa si andava incontro. Non a chi queste cose non le vivrà mai, non ai lettori, non al pubblico. Pensavo ai parenti dei suicidi, ai figli, ai padri, alle madri, ai mariti, alle mogli.

A chi rimaneva.

Agli altri me.

La domanda che mi avevano posto in quella telefonata era sensata: stai prendendo appunti?

Sì, li stavo prendendo. Ancora prima di esserne consapevole.

Ho questa abitudine stupida di annotare poco. Sbagliata per uno che scrive. Sono uno scrittore senza taccuino, come un ministro senza portafoglio. Preferisco che le idee mi circolino in testa fino a quando sento il bisogno di scriverle. Se me ne dimentico, pazienza. Si vede che non erano così importanti.

Non ho mai smesso di pensare a questo libro, sebbene lo rimandassi di continuo. Ogni tanto ci tornavo, col pensiero, per vedere se fosse ancora lì.

C'era, sempre.

Le sue pagine erano in attesa che mi mettessi alla tastiera.

Prima o poi troverò la forza, mi dicevo.

Intanto passavano i decenni.

Mentre scrivo queste pagine mi escono ogni tanto delle frasi fatte, degli automatismi, su quanto straziante sia, sulla lacerazione che comporta, come strapparsi la carne di dosso.

Devo tornare indietro e cancellarle. Non sono autentiche. Sono luoghi comuni, sono quello che ci si aspetterebbe da chi ripercorre quei momenti.

La verità è un'altra.

Scrivere questo libro, mi rendo conto, è facile.

Mi siedo alla tastiera e le parole fluiscono dalle mie dita con una naturalezza assoluta.

Troppo a lungo le ho tenute dentro, le ho immaginate e modellate, me le sono passate sulla lingua come caramelle al gusto veleno. Sono abituato. Sono assuefatto.

Da giovane mi chiedevo quando qualcuno potesse considerarsi uno scrittore, quando si sarebbe sentito autorizzato con sé stesso a definirsi tale. Credevo fosse legato a una percezione esterna, a un riconoscimento pubblico (quando ci sarà un libro col tuo nome in copertina, quando entrerai in classifica, quando vincerai un premio, quando ti inviteranno nei festival, quando ti intervisteranno in TV...). Raggiungevo alcuni di questi risultati e mi sembrava ce ne fossero sempre altri, più importanti, più significativi da ottenere.

Poi col tempo l'ho capito: sei scrittore perché pensi da

scrittore. Perché le cose che ti capitano cerchi di immagazzinarle, perché ricordi i nomi delle persone, i luoghi, gli intrecci, perché hai la tendenza a rievocare il passato in forma di storie, perché non ti limiti a vivere le esperienze ma vuoi analizzarle in cerca di un inizio, uno sviluppo e una fine, perché attraverso la scrittura tu dai un senso alle cose.

Sono uno scrittore perché dentro di me avevo la certezza che avrei scritto questo libro. Non è mai stata questione di *se*, ma di *quando*.

Eppure dopo aver già prodotto decine di pagine ancora non ammettevo a me stesso che lo stavo facendo per davvero. Sono appunti, mi dicevo. È solo una prova.

Per riconoscerlo ho avuto bisogno degli amici. Un gruppo di cinque scrittori coi quali ci si incontra a cena, con scadenze stagionali, per il piacere di stare insieme e di bere, anche tanto. Tra il caffè e l'amaro, quando l'ebbrezza delle chiacchiere si è placata e l'atmosfera si fa più riflessiva, finisce sempre che venga fuori la domanda: "State scrivendo?".

Andando al ristorante pensavo che avrei parlato di altro, progetti in vari stadi embrionali riuniti in una cartella del mio desktop dal titolo "Ipotesi romanzi", in attesa che li estragga e aggiunga un capitolo ogni tanto. Ne ho almeno cinque che languono in quel limbo, sarebbe stato facile sceglierne uno e offrirne un resoconto, ma di fronte a loro, come al cospetto di una alcolica coscienza letteraria, ho avuto la sensazione che fosse insensato mentire.

Quando è stato il mio turno ho rivelato che stavo scrivendo un libro su un episodio della mia vita che loro ignoravano. Ho raccontato quale. E ho anche confessato le incertezze riguardo al rapporto col primo romanzo e in generale sul fatto di imbarcarmi in un testo così profondamente intimo e lontano dal tono lieve di tutto quello che avevo pubblicato finora. Dubbi che solo altri scrittori avrebbero potuto comprendere.

Ne è scaturita una discussione su quanto sia giusto seguire solo la nostra ispirazione o se sia necessario invece mantenere una coerenza artistica di percorso. Gli animi si sono anche accesi, osservavo quasi divertito i miei amici dibattere per me. La tensione è rientrata, abbiamo finito la cena abbracciandoci.

Tornando verso casa però non riuscivo a pensare che a questo: allora è vero, lo finirai.

Stavolta non si torna indietro.

Sono negli uffici della redazione della trasmissione televisiva con cui collaboro in questi giorni e un collega che sta compilando un documento mi chiede la data di oggi. Gliela dico e subito penso: è il giorno dopo l'anniversario della morte di S.

Il pensiero mi stupisce perché significa una cosa precisa: che ieri me ne sono dimenticato.

I primi tempi, anche solo l'avvicinarsi dell'anniversario mi faceva stare male. Una ricorrenza terribile, il compleanno di un incubo. Sembrava quasi lo sentissi nell'aria.

Con gli anni l'impatto si è affievolito, ma è sempre stata una data importante e drammatica da rievocare.

Invece adesso (e mentre sto scrivendo questo libro!) quel giorno è trascorso senza che me ne ricordassi. So che suona come una contraddizione, ma per me non lo è. Significa che, come per molte altre cose che riguardano questa storia, ora il quotidiano prevale sul simbolico. Sento che il pensiero di S., il suo ricordo, è talmente presente e diffuso che perdono di valore le ricorrenze, gli oggetti che gli appartenevano, le tracce terrene del suo passaggio.

Essermi dimenticato l'anniversario della sua morte non è una mancanza, è una conquista.

"Ricordo di aver pensato: non ci sarà mai un momento in cui non ci penso. E avevo ragione. E avevo torto."

Amy Hempel, *Cloudland*

Alla fine non ho riletto il quaderno con le lettere che mi ha lasciato.

Non ne ho avuto la forza.

So che erano lettere di recriminazioni e di perdono, di riflessioni e di ricordi comuni, di rimpianti e di flussi di coscienza. Un suo ritratto finale.

Non so che effetto mi avrebbe fatto riprenderle. Temo devastante.

Restano un tesoro incendiario chiuso in un cassetto che ne contiene le fiamme.

Non sono così ingenuo da pensare che questa sia una soluzione, una ricetta. Trova un'altra persona da amare e che ti ami.

È patetico anche solo scriverlo.

In una situazione simile non c'è nulla di così lineare e netto, una formula, un metodo. Una medicina. Un segreto.

Ti svelo il trucco.

Ecco, risolto il mistero.

No. Non funziona così.

Ognuno ha la sua strada, i suoi tempi. I suoi metodi. Anzi, non li ha. Li improvvisa. Affronta le cose come vengono, come si sente. Anche se è circondato da affetti, sostanzialmente deve affrontare la questione da solo. Non c'è altra via.

C'è chi trova conforto nella religione, chi si affida alla terapia, chi si immerge nel lavoro, chi fa diventare i figli la propria ragione per andare avanti, chi cambia radicalmente città, amici, vita.

È la cosa giusta, se è quella che sente di dover fare.

Al di là del tragitto e delle modalità, l'essenziale resta questo: che a un certo punto devi concederti di andare avanti.

Devi perdonarti.

No, non l'abbiamo salvato.

Non ne siamo stati capaci.

Non abbiamo capito quanto grave fosse la situazione.

Non abbiamo colto i segnali.

Non abbiamo preso per vere le minacce.

Non siamo stati in grado di capire quanto profondo fosse il suo malessere, e quando anche l'abbiamo intuito, non abbiamo saputo come arginarlo.

Non siamo stati sempre presenti.

Non siamo stati onnipotenti.

Potremmo fare i conti coi nostri limiti per sempre. In un modo o nell'altro continueremo a farlo. Ma se vogliamo continuare a vivere, un giorno dovremo avere pietà di noi e smettere di condannarci.

Mi sono drogato poco nella vita. L'ho fatto da adulto, consapevole, e solo in circostanze sociali. In certe enormi discoteche, spesso all'estero, ex teatri con balconate a tre piani ad Amsterdam, fabbriche in disuso a Berlino, locali sotterranei a Bruxelles, tensostrutture in periferia a Madrid, circondato da centinaia di uomini seminudi e sudati che sembravano muoversi in sincrono attorno a me, una distesa di umanità umida e accogliente, sul ritmo di bassi martellanti proveniente dai muri di casse, come dentro a un gigantesco cuore pulsante.

Momenti di beatitudine chimica e cosmica, di vibrazione col creato, con la vita, con la mia specie. E ogni volta, ogni volta, ogni singola volta, in quegli attimi di esaltazione dello spirito e della carne, un pensiero andava a S. Una preghiera, laica e drogata, purissima.

Che tu sia felice, S., che davvero tu possa aver trovato la tua pace, io con Alberto so di aver trovato la mia, tutto questo avrà un senso, vorrei che lo avesse e un giorno forse lo capirò, non smetterò mai di odiarti ma soprattutto non smetterò mai di amarti, che tu sia felice, S., ovunque ti trovi adesso.

Ringraziamenti

Ci sono molte persone a cui sento di dover dire grazie per questo libro.

Agli amici che l'hanno letto e che mi hanno dato pareri e incoraggiamenti, anche quando non sapevo se sarei riuscito a portarlo a termine, in particolare Antonella, Giorgio e Paolo.

A Riccardo, che mi ha permesso di utilizzare le sue parole.

Ai professionisti che mi hanno concesso la loro esperienza, che solo in minima parte è confluita in queste pagine: Maurizio Pompili, Denise Erbuto e Giada Maslovaric.

A Francesca Jaks Gaffuri, per la straordinaria testimonianza.

A Monica, che fin dall'inizio mi ha fatto sentire compreso e protetto.

Ai miei genitori e a mia sorella, che mi sono stati accanto nel periodo più buio.

A tutti coloro che, nei modi più diversi, mi hanno offerto il loro supporto quando ne ho avuto davvero bisogno.

E naturalmente ad Alberto, che forse non lo leggerà, ma va bene anche così.

PEFC

PEFC/18-32-03

Mondadori usa carta certificata PEFC
che garantisce la gestione sostenibile delle risorse forestali

Mondadori Libri S.p.A.

Questo volume è stato stampato
presso ELCOGRAF S.p.A.
Stabilimento - Cles (TN)

Stampato in Italia - Printed in Italy